著作权合同登记号桂图登字：20-2023-023号

고독의 의무

윤성희

孤独的义务

[韩] 尹成姬 著

安松元 译

GUANGXI NORMAL UNIVERSITY PRESS
广西师范大学出版社
·桂林·

惊奇 wonder BOOKS

| 孤独的义务 | 出版统筹 | 周昀 | 责任编辑 | 张玉琴 |
| GUDU DE YIWU | 特约编辑 | 黄建树 | 封面设计 | 郑元柏 |

图书在版编目 (CIP) 数据

孤独的义务 / (韩) 尹成姬著；安松元译 . —— 桂林：
广西师范大学出版社，2023.5
　　ISBN 978-7-5598-5986-0

　　Ⅰ . ①孤… Ⅱ . ①尹… ②安… Ⅲ . ①短篇小说－小
说集－韩国－现代 Ⅳ . ① I312.645

中国国家版本馆 CIP 数据核字 (2023) 第 062561 号

出版发行　广西师范大学出版社
　　　　　地址：广西桂林市五里店路 9 号
　　　　　邮编：541004
　　　　　网址：www.bbtpress.com

出版人　黄轩庄
经销　全国新华书店
发行热线　010-64284815
印刷　山东临沂新华印刷物流集团有限责任公司
　　　地址：山东临沂高新技术产业开发区工业北路东段
　　　邮编：276017
开本　787mm×1092mm　1/32
印张　7.25
字数　122 千字
版次　2023 年 5 月第 1 版
印次　2023 年 5 月第 1 次印刷
定价　48.00 元

如发现印装质量问题，影响阅读，请与出版社发行部门联系调换。

目录

在U形弯道埋下藏宝图　001

小小心算王　021

有人在敲门　042

喂，是你吗？　062

那个男人的书，第198页　086

路　108

凤子家面食店　127

孤独的义务　147

不老少年　168

慢走，再见！　190

慰藉的文学　211

作者后记　226

在 U 形弯道埋下藏宝图

1

听说，爸爸在产房外抽了整整一盒烟。电视上播放着临近岁末的街道风景，外边在飘着雪花。妈妈的阵痛已经持续了八个小时。爸爸盯着表自言自语：等一等，再等一等。爸爸希望他的孩子是新年第一个降生的婴儿。他觉得，这会让全部的幸运都降临到自己身上。几个月以来店里一直在亏损。寒冬才刚刚开始，家里只剩下几块煤炭。妇产科的人说，在本院出生的新年第一个婴儿，将获得免费的儿科医疗服务。十二月三十一日十一点三十一分，姐姐出生了。晚三十分钟就好了……爸爸跟护士说。护士说，别担心，肚子里还有一个呢。爸爸盯着表喊：快点，再快点。一月一日零点三十一分，我出生了。早三十分钟生下来该多好。这回护士跟爸爸说。

　　妈妈立刻被送进重症室。妈妈的脸上戴着氧气罩。爸爸坐在妈妈的头边，说起自己的童年往事。爷爷是 D 市一家知名夜总会的社长。爷爷的教育哲学只有一条：强大的精神力量。爷爷曾经是威震 D 市的柔道运动员。爷爷让爸爸练习柔道、跆拳道、剑道。可爸爸是一个体弱多病的八个月早产儿，体育运动对他来说是吃不消的。运动强度越来越大，他的结巴也越来越严重。很奇怪啊，我一见到爸爸，这张嘴就粘住了似的，不过最后一句话，我还是说得清清楚楚：我要离开这个家，再也不回来了。我一点儿没结巴。爸爸抚摸着妈妈的头发说。

　　妈妈没有抱过自己生下的孩子。办完妈妈的葬礼，爸爸背着姐姐、抱着我回到了家乡，那是爸爸离家后的第十个年头。爷爷依旧是夜总会的社长。我会好好干的。这次，爸爸也没有结巴。爷爷把两个小孙女抱到大腿上。我和姐姐，一起拉屁屁，一起哭。爷爷非常讨厌小孩子的哭声。他递给爸爸一把公寓的钥匙，说：出去过吧。爷爷有一个女朋友，是酒吧妈咪，那间公寓本来是要送给她的。爷爷直到去世也没有分清我和姐姐。

　　爸爸很忙，每天要向爷爷报告前一天的营业情况，还要被爷爷骂是败家子。由于同父异母的兄弟们私设小金库，夜总会的生意总是不见好转。爸爸一共有七个同父异母的弟弟。一个叔叔造假洋酒卖给夜总会；一个叔叔供应劣质的下酒菜，牟取原价五倍以上的暴利；还有一个叔叔给夜总会介绍歌手吃回扣。不管别人说什么，爸爸始终不忘自己是大哥。可是叔叔们却根本不顾及爸爸的难处。他们是同父异母的兄弟，从某种意义上，每个人都是自己家里的大哥。

照顾我们长大的是锅巴奶奶。她原来是隔壁家的奶奶，因为爱吃锅巴，姐姐就给她起了这个外号。奶奶的大儿子无法偿还数十亿韩元的债务，半夜跑路了。那天，奶奶和街坊老友们一起去赏花，回来时包里还装着给孙子买的香蕉。奶奶按响了我家的门铃，把香蕉都分给我们吃了。锅巴奶奶爱打瞌睡，吃饭的时候打瞌睡；看电视的时候打瞌睡；在洗手间方便的时候也打瞌睡。所以我们在玩耍的时候要保持安静。发出噪声的玩具都扔掉了。姐姐是我的玩具，我是姐姐的玩具。要是有人问谁是姐姐，我们就异口同声地回答，我是。要是问谁是妹妹，我们就一起指着对方。姐姐走路时，我就跟在后面学她走路的样子；我画画时，姐姐就坐在我身旁，我画什么她也画什么。我们管这种游戏叫影子游戏。锅巴奶奶给我们吃撒了白糖的锅巴，说：分不清哦，分不清哦。

　　锅巴奶奶抚摸着我们的小脸，嘴里却念叨着孙子的名字。她老是说一些让人听不懂的话，脑子里的那些记忆乱成一锅粥。我们不再跟奶奶玩闹了，可是这并没有让奶奶的失误减少。她有时候错把盐当成白糖撒在锅巴上；有时候错把醋当成酱油放进酱汤里。奶奶做的东西不好吃，我们开始不吃饭只喝牛奶了。每天喝一公升，个头噌噌地往上长。

　　客厅里铺着一块很大的地毯。地毯上画着圆的、方的、三角的图案。我们定下规矩，在地毯上姐姐不能踩红色，我不能踩绿色。走路时避开红色或绿色是很难的。如果踮起脚尖，身体就不由自主地摇晃。爸爸不知道我们的游戏规则，把我们带到韩医院，对大夫说：她俩走路不正常，不会是贫血吧？我们在墙的中间画了一条线，在两边贴胶纸。如果姐姐踩到红色，就在我这边贴一张胶纸；如果我踩到绿色，就在姐姐那边贴一张胶纸。我们说好，等到了十岁，谁得到的胶纸比对方多，谁就当姐姐。如果有人问起这些胶纸，我们就说：每做一件善事贴一个。听完大人们就摸着我们的头说：没妈的俩孩子，还真懂事哦。

　　有一次我踩到了墙根下的蒲公英。姐姐跑过来，拍着我的后背说：一张胶纸哦。我们看着被踩扁的蒲公英哈哈大笑。后来我们走路时也玩这个游戏。爸爸亲眼看到我们踩坏蒲公英后大笑的样子，着实吃了一惊。他给儿童心理学博士打电话咨询。结论是明确的：给予她们全部的爱。博士说这种情况常常出现在缺爱的儿童身上。无论多忙，爸爸每天都会紧紧地抱我们一次。

公交车站铺了新地砖。偏偏是红砖。姐姐每次走过那条路，都小心翼翼地躲着红砖。姐姐张开双臂，像体操运动员一样踩着地砖的边缘挪动脚步。当一辆失控的炸酱面送餐摩托车猛冲过来时，姐姐依然张开着双臂。我一个人去念小学。爸爸每天紧紧地抱我两次。走路时我的脚步仍旧避开绿色。如果无意间踩到了，我回家后，便在姐姐那边的墙上贴一张胶纸。锅巴奶奶叫姐姐的名字，然而她的目光却总是投向我的身后。只有我和奶奶知道姐姐站在我的身后。爸爸把奶奶送到医院后，就只剩下我一个人知道这件事情。

我念高中一年级时，爷爷去世了。狗蛔虫钻进了他的眼睛和大脑。真正的死因仅通知了近亲。他是在 D 市开办第一家夜总会的人，这个死因好像不符合他的身份。爸爸在报纸发布讣告时，解释爷爷的死因是心脏麻痹。爷爷晚年养了五只狗。从来没有深情地拥抱过子女的爷爷，抱着狗长眠了。爷爷走后，叔叔们认为他们得到的父爱远不如那几只狗，就把五只狗统统宰杀吃掉了。

爷爷躺在医院病床上说的最后一句话是：那儿。爷爷已经气若游丝，可是叔叔们却不依不饶地追问：遗书在哪儿？在哪儿？爷爷用食指指着医院的天花板说，那儿……然后就说不下去了。爸爸守灵时，叔叔们跑到爷爷家里翻箱倒柜，但没有找到遗书。叔叔们要打官司。不再有弟弟称爸爸为大哥。爸爸叫来七个弟弟。我不关心什么遗产。爸爸一讲完，叔叔们就瞪着眼珠子，脸上一副难以置信的表情。真的吗？只比爸爸小几个月的大叔说道。是真的。不过有一个条件。让我扇你们一人一个耳光，就当是我放弃财产的代价怎么样？叔叔们钻进小房间里议论。他们排队把自己的右脸伸到爸爸跟前。爸爸扇了叔叔们一人一个耳光。

那天清晨，爸爸离家出走前留下了一封信。"每月的二十五号汇钱。注意身体啊。"我把爸爸留给我的那纸条贴到冰箱门上。如果晚上睡不着，我就从柜子里把被子都拿出来铺在地板上，然后在上面走来走去。有的日子跳过红色花纹，有的日子跳过黄色花纹，而有的日子则跳过蓝色花纹。时间飞逝，我高中毕业后去了旅行社工作。我不想再让爸爸帮我了，于是注销了银行卡账号。看着被注销的账号，我隐约预感到以后可能再也见不到爸爸了。

2

爸爸是在火车上走的，兜里只留下一张去釜山的新农村号火车票和四张一万元的纸币。我从旅行社辞职了。在这里工作了五年，我却从来没有出去旅行。整整五年时间里，我坐在歪斜的椅子上，笑脸迎送那些因出行而兴奋的面孔。从旅行社辞职后，我买了一张开往釜山的新农村号火车票。5 号车厢，25 号坐席。爸爸就是在这个座位上闭眼的。爸爸在首尔站上车，在釜山站被人发现时已经变成一具尸体。我不停往返两地，心里不断地想着：火车经过哪一段时爸爸的心脏停止了跳动？

遇见 Q 是在我第七次往返首尔和釜山的火车上。她坐在我预订的 25 号坐席上，好像睡着了，闭着眼睛。喂！我摇着她的肩膀说。这是我的座。过了一会儿，Q 还不睁开眼睛。Q 闭着眼睛，好像在哼着一首歌，手掌有节奏地拍着大腿。我低下目光看了 Q 的手，每根指节都结着硬皮。喂，我知道你没睡。快把座位还给我。我一说 Q 就噗嗤笑了。这个大块头脸还红了，倒有点出乎我的意料。我们买了熟鸡蛋，各吃了两个。Q 喝口汽水就打一个响嗝。我说我从没有在别人面前打过嗝。她把那瓶没喝完的汽水递给我说，喝一口，你也打个嗝试一试。我把汽水喝得一滴不剩，然后打了长长的一个嗝。坐在前排的男人回头看过来。真爽。我和 Q 成了朋友。

几天前 Q 还是地铁司机。本来她的梦想是开火车。那个梦想没有实现，于是就找了一个跟它最像的工作。Q 的父亲从前被火车撞断了一条腿。她成为地铁司机的那一天，父亲宴请了街坊邻居。街坊邻居们笑称，火车和地铁都是一回事嘛。那天，街坊邻居喝酒的钱超过她父亲一个月的工资。她开地铁时一天嚼一包口香糖。地铁穿过狭窄的黑洞时她感到胸闷、心悸。经济下滑，在地铁自杀的人渐渐多了起来。Q 工作了一年多一点的时候，一个女人跳向了她驾驶的地铁。女人穿着天蓝色雪纺衫和黑色裙子，跳向列车前，Q 和她目光相遇了。她那双眼睛，我一生难忘。现在，我一闭上眼睛，那个女人的眼珠子还会出现在眼前。说的时候，Q 的眼睛不安地晃动，我不由得抓住她的手。

那天我跟着 Q 下了火车。没有行李吗？Q 说。我笑着摊开双手。什么都没带。我突然想起 D 市的家没锁玄关门。不过，小偷进来也没什么可偷的。几个月后，屋里的物件会在等待中慢慢变旧的。Q 在一家中餐馆给我找了份帮厨的工作。Q 说，这家店是堂兄出国前交给她管理的。我很少流泪，剥洋葱的时候也不会流泪。不过，那位从十五岁就在中餐馆干活的主厨，每次剥洋葱时都像小孩子一样掉眼泪。

打烊后我们就坐在厨房里喝烧酒，一人半瓶。下酒菜是卖剩下的海鲜辣汤面。Q饱受失眠之苦。我跟Q说你不要老是用通红的眼睛盯着客人，不多的几个客人都让你给撵跑了。我一说，主厨就瞪着我。他有点自知之明，好像也知道客人少是因为他的厨艺差。一到下雨天Q就给我做肉包子。Q做的肉包子那是真好吃。据说，她小时候特别爱哭，不过只要听人说起肉包子就不哭了。真好吃啊。你这手艺，以后开一家馒头铺也够了。我一口咽下热得烫嘴的肉包子。她说，比起她妈妈给她做了二十年的包子，这不算什么，接着就苦涩地笑了笑。

我在洗浴中心的桑拿房过夜。一次性交付一个月洗浴费优惠百分之二十。天天洗澡，就很容易入睡了。放不进个人储物柜的东西，我一概不感兴趣。对新式家电也无动于衷，看到漂亮的衣服也没有购买的冲动。

洗完澡出来，我踩到了一个女人的手。当时她正在擦地板。哦！对不起。女人点点头，表示没关系，然后继续擦她的地板。第二天我一屁股坐到正在叠毛巾的女人的腿上。对不起，没看到。又过了一天，我迎面撞上推开澡堂门走出来的女人。女人和我揉着起包的额头并排躺在地板上。有人递过来湿毛巾。还好吗？我把湿毛巾放在女人的额头上说。还好啦。常事儿。女人无力地笑笑。

女人的名字叫 W。W 给我看了她身上的无数淤青。每天跟人撞上几十回。我安安静静站着呢，有人一脚踩到我的脚背上，对我说不好意思，没看见。我想他们确实看不到我吧。就像 W 说的，我撞到 W 之前，也没有察觉到 W 的存在。咦，这人是什么时候在这儿的？撞到了 W 我才这么想。

上学时 W 的外号叫幽灵。有一次郊游，老师点人时还漏掉了 W。跟 W 同桌一个学期的人，也没记住她的名字。有一次学校组织擦玻璃，她从二楼掉了下来，因为有个同学关窗户时没看到她在那里。W 的男朋友跟她谈了一年，分手时说，我怕了你啦，拜托不要再跟着我！

W 的妈妈是一个小有名气的演员。她扮演一个身患忧郁症的主妇，拼了命地想守护因老公出轨而支离破碎的家庭。她妈妈也一度成为话题人物。据说 W 是在她妈妈当演员前出生的。W 歪着嘴笑了，她说除了妈妈和外婆，没人知道自己的存在。哦不，现如今外婆也去世了，只要妈妈不说，就没人知道我的存在啦！W 好像自言自语地望着虚空说道。W 和那位女演员长得一点都不像。也许她爸爸很丑吧。我听着 W 的话，心里暗自琢磨着。妈妈名气越大，W 就越来越像幽灵了。她说，两年前，也就是妈妈获得演技奖的那天，她走路时发现看不到自己的影子，不禁吓了一跳。

W 和我经常结伴去吃冷面。我们先泡三十来分钟热澡堂子，然后披散着一头湿发找冷面店。W 能吃辣。人吃了辣的，脑子就变得空空荡荡。W 一口一口地把很筋道的面送进嘴里。她说，辛辣的东西穿过食道时，她才能感觉到自己还活着。W 经常带着自制的辣调料。冷面端上来，她先添上自制的辣调料。我也一点点试着吃 W 的辣调料。我们一起伸出火辣辣的舌头大口喘气。传说辣椒面有减肥效果，这可能是真的，我开始变廋了。

中餐馆休息日，我和 Q 就去桑拿房。在 W 工作时，我和 Q 一起练习瑜伽和爵士舞。渴了就喝点甜米露，杯口漂着一层冰碴，很凉，只是太甜了一点，喝一口凉到心窝里去。以家庭为单位来桑拿房的顾客渐渐多起来。于是就单独开出一个房间，方便他们尽情地玩各种游戏。等 W 干完了活，我们三个人就来游戏室，玩套筒棋，玩猜水果或抓猪猪。大家坐在圆形桌上投骰子。积木一塌下来，大家就哇一声高兴地喊起来。玩具锤子的敲击声此起彼伏。Q说，没赌注的游戏不好玩。于是我们一局下一千韩元赌注。我一天最多输过三万韩元。谁赢得最多谁出钱买海带汤。不过，桑拿房怎么还卖海带汤呢？我问了店里的大婶儿，可她啥也没说。喝完海带汤，大家各自散去，四仰八叉地在地板上睡着了。我们不关心外边的天气，也不看天气预报。W躺在地上，脚踝被Q踩到，伤了韧带，但W一如既往摆出无所谓的表情。

有一天，我们三个人在玩Go-stop[1]。一个高中生模样的小女孩走过来，说，你们能不能带我一起玩？四个人玩，一个人就要被"卖光"[2]的。Q嘟嘟囔囔地说。被"卖光"的主要是W。玩花图，Q从没输过钱，但这次连续输给那个女孩子。Q眼巴巴看着钱包里的一万韩元纸币悉数跑到女孩手里。Q终于忍无可忍，说：老实交代，你是高中生吧？你一个高中生能赌钱吗？Q唾沫横飞。女高中生把手放在我和W的肩上，悄悄耳语：我告诉你们一个秘密。其实，我有一张藏宝图，你们想不想跟我一起去找？Q说你一个离家出走的高二年级女学生，撒起谎来咋像吃饭那么容易呢。高中生从钱包里取出一张

---

1 格斯托，花图纸牌游戏的一种。——本书注释如无特殊说明，均为译者注
2 玩家为四人以上时，每轮开局留下三人，其余踢出游戏，这称为"卖光"。

叠得四四方方的纸，那上面画着一幅精巧的地图。这张地图啊，我爸十年前就藏在保险箱里。你说，这能没有一点原因吗？高中生好像生怕被别人偷听，频频环顾四周。高中生的话，你越听就越感觉那宝物是真实存在的。要不然啊，我离家出走时为什么不拿别的东西，偏拿一张地图呢？我们一夜未睡。第二天我得出结论：就算她说了谎，天也塌不下来。Q的结论是：真要找到宝物就必须分成四份。W仔细查看着我俩的脸色，然后说，咱仨现在真是快无聊死了。

为确保万无一失，我们应该先去学开车。Q说。根据Q的建议，我和W开始学习驾驶汽车。考驾照花了两个月时间。那段时间，我们一大清早就去爬小区的后山。根据高中生的地图，宝物在一座山顶上。我们一致认为，把宝物从山顶上背下来，需要充沛的体力。我们一开始只能爬到泉眼，几天后就能轻松爬到山顶。早起的人都知道，大清早比想象中嘈杂多了。我们一边爬小区后山，一边学习驾车的时候，高中生负责打探宝物藏在哪座山上。Q经中学同学介绍，买了一辆二手卡车，是那种四个座位的卡车。我们在登山用品专营店还买了四个特大号的背包。听Q说，她一直梦想拥有一个睡袋。于是，我们又买了一个睡袋送给她做礼物。当天晚上Q爬上后山没有下来。这个睡袋可暖和啦。第二天从山上下来的Q，脸上起了几十个被蚊子叮咬的疙瘩。长长的雨季过后，我们终于出发了。两把锹，两把镐，放上了卡车。

3

卡车车内烟味很重。空调启动不了，打开车窗又有小飞虫子飞进来。Q把脑袋伸出窗外吐了口唾沫。要换一下吗？W说。Q点一下头，把车停在路边。就在W要换到驾驶座时，高中生问，你们考的是二类驾照[1]吧？我和W一起答道，是啊。人家说这个最好考。有什么问题吗？Q说咱们这下完啦。对着半空骂道，这帮笨蛋！

卡车驶出高速公路，高中生就开始指挥，向右拐，一直走有一个Y字岔口。Q按照指示向右拐。可是跑了一阵也见不到Y字岔路。高中生叫她把车停下来，然后捧着地图跑到路灯下面。车内灯坏了。过了一会儿高中生才跑过来笑着说，抱歉啊，刚才在三岔路应该向左转。Q把脑袋伸到车窗外破口大骂，这个笨蛋！

---

1 根据韩国法律，二类驾照不能驾驶中型或重型卡车。

车在沙石路跑了一段路。车身晃一下，W就干咳一下。W正要朝窗外吐痰时，车突然停了。发动机刚刚还在发出隆隆的噪声，这时候突然没动静了。你老实交代吧，这辆车花多少钱买的？我踹了一脚汽车轮胎说。八十万韩元……Q搓着脸说。根据高中生的地图，我们再走十公里就能到山口。我们扛着锹和镐，踏上了夜路。Q一边走一边骂那个卖车给她的中学同学。我没还你两百万韩元，你就这么报复吗？混蛋！我们众口一词地批评Q。这时，从山里突然传来口哨声，吓出了我们一身冷汗。鸟，没错，是鸟，我以前在电视里见过。W嘀咕道，然后也跟着吹起了口哨。

总算来到山脚下。此时天开始蒙蒙亮了，我们一起望着从那山峰间升起的太阳祈祷，不禁心潮澎湃，这是我从未体验过的激动。我身边的高中生说，姐姐，你的脸怎么红啦？我们用落叶把锹和镐藏了起来，然后来到附近的村子。想把活干好首先要吃好。我们敲了敲写着"土鸡"的一家饭店大门。穿睡衣的男人开了门。Q说，一小时做好清炖鸡付您两倍饭钱。Q肚子饿了就爱发脾气，都怪她，我们做了一笔糟糕的买卖。饭店的男人穿着睡衣跑去杀鸡，饭店女人头也不梳、脸也不洗就开始准备饭菜。过了五十六分钟，饭菜就摆上了桌。我们十分钟吃掉了两只鸡。

山很陡。镐很重。镐柄太长，要拖着它爬山坡非常吃力。我说啊，咱们只用锹不行吗？这里的土看起来也不太硬……我们在半山腰扔掉了两把镐。怕被人看到，就用落叶把它盖起来，然后用红色手绢在不远处的一棵树上做了标志。高中生在记事本上写道：半山腰、红色手绢、树、向东三米。

W捡了一副望远镜，听到树上的鸟叫声就停下脚步，掏出望远镜找那只鸟。都怪W，我们上山的速度更慢了。高中生发现树枝上挂着一顶帽子，可是太高够不到。高中生借来W的望远镜看了看，说，是我喜欢的品牌。我们从地上捡起石子儿，朝树枝扔过去。帽子眼看要掉下来，可偏偏就不掉下来。我们向高中生保证，回家后送她一模一样的帽子，她这才作罢。

终于，我们在山顶附近发现了地图上的那三块大石头。来，大家抽一根烟，以示纪念。高中生从包里取出一盒香烟。我们围坐在大石头上一起抽烟。我、W都是第一次抽烟。我、W、Q，分别站在三块大石上。一、二、三、四，我们以相同的步幅向前走，在我们三人相遇的点上，高中生画了一个圈圈。好，开挖！

挖坑一点都不轻松。我和W先挖，很快手上起了水泡。挖的坑已经齐膝深了，可是什么都没发现。两个人气喘吁吁的，一起喝掉了一点五升水。Q 和高中生挖坑的时候，我和 W 摆弄起了望远镜。那儿好像有什么东西。W 用手指了指一百米远的地方。那里覆盖着树叶，我看得不是十分清楚。那段斜坡的坡度很大，我们用手扯着树枝慢慢地往下走。我俩脚下一滑，踩到了朱黄色的花草。受惊的蜜蜂嗡嗡地扇动着翅膀。树叶下有被人扔掉的登山鞋。在离登山鞋不远处，又发现了一副墨镜。怎么样，我戴着好看吗？我戴着墨镜仰望天空。挺像样的。W 拍着手答道。

挖了一米深的坑，我们看到下面有一块大石头。那块大石头被细细的树根缠绕着。我把刚才捡到的登山鞋和墨镜扔进了坑里。W 扔进去望远镜。高中生掏出香烟和打火机，又取出那张做了记录的纸条，撕下来塞进烟盒里。Q 把卡车钥匙扔了进去。我们重新把坑填上。我们乘坐高速巴士回家时，一路上都只顾着睡觉，没人说话。高中生来到市内最大的书店，把藏宝图塞进一本地图册里。

我们去寻找宝物时，主厨跑了。他带着厨房里的餐具、冰箱里的食材，骑着送餐摩托车跑掉了。Q 瘫坐在厨房地板上，哭得像一个小孩子。哭吧，哭到你不想哭为止！我拍着 Q 的后背说道。W 走到外边给谁打电话。过了一会儿，送来四碗冷面。这时候，没有比辣更好的东西。W 从包里拿出辣调料。说得对，你就说你是辣出了眼泪，不是伤心流泪的，这样面子上就好过一点嘛。高中生搅拌着冷面说。我们坐在空荡的厨房地板上吃着辣冷面。W 特意给 Q 的冷面添上了一大勺她带的辣调料。就在这时候，我脑子里突然闪过一样东西。对啦，就是它！我握起双拳大喊。

我说就在 Q 的中国饭店开一家馒头铺吧，主打馒头和筋面。Q 做馒头，W 做筋面；我和这个小家伙负责订单和送餐，怎么样？我轻轻碰一下高中生的脑袋说。高中生抽噎着说，谢谢你算上我一个。我是辣哭的，请别误会。说着说着，把嘴里的面嚼也不嚼就给生吞下去。

我拿出在旅行社挣的钱，W 拿出她在洗浴中心打零工挣的钱。我们重新刷了墙，再铺了一层防滑瓷砖。在原来放保险箱的地板上发现了一张过期的彩票，四个人把脑袋凑到一块儿，刮起彩票。先确认了奖金，十万韩元。中奖号是 5。W 慢慢挪动硬币。数字 5 一点点显出轮廓了。哎呀，太可惜啦。没过期该多好。高中生连声说着可惜。Q 把彩票贴到柜台的墙上，说，它会给我们带来幸运的。

高中生吃一口馒头便提出了建议，皮再薄点儿就好了，又薄又有嚼劲的。Q 听她这么一说，三天没从厨房里出来。为了做出薄皮儿，Q 整整和了五袋面。高中生尝了一口 W 的筋面说，咱的筋面，其灵魂就在于辣味。所以不能只卖一种筋面。我们应该把辣味儿划分几个等级，这样就好卖了。根据高中生的建议，我们将筋面划分为四等。不辣筋面，微辣筋面，超辣筋面，最后是疯狂筋面。"疯狂筋面"，这个名字是高中生起的。

人们为了买馒头吃，在门前排起了队。尝过辣筋面的人说，这么辣的可是头一回吃啊。偶尔也有几个来品尝疯狂筋面的人。我们打出广告，吃两碗以上疯狂筋面的客人免单。有几个人试过，然而目前还没有成功的。晚上，我们不让高中生工作，而是送她到检定考试[1]补习班。她一年就读完了高中学历课程，第二年就考上了大学。脑瓜子像我，聪明。我和 Q 争相说。我们三个人凑钱帮她交了大学学费。市面上，开始出现了模仿我们店名的馒头铺子，可味道还是差点意思。高中生大学毕业时，我们的财产增加到四栋小住宅楼、四辆小车。

有时觉得夜很漫长，我就开车上高速公路。我的唯一

1　针对未受正规教育的国民所实行的学历认定考试，分小学、初中、高中三个层次，形式上类似于中国的同等学力考试。

的爱好是开车跑一段路，找一家称心的休息站，买一碗鱼丸吃。我在房间里贴了一张全国地图，鱼丸好吃的休息站，都用红笔打上了圆圈。有一次，我跑夜路，无意间来到我的故乡 D 市。我家的楼房阳台上挂着小孩子的衣服。我久久望着开灯的那间客厅，很高兴当年走的时候没锁门。房子，毕竟是要有人住的。爷爷的夜总会没了，原址上建起了一家多厅电影院。夜总会是什么时候拆的？我问对面的摊主。早没啦。他家几个儿子打起来了。我没问的，摊主也啰嗦了一大堆。遗产分得最少的那个叔叔，一把火烧了夜总会。几个叔叔还在打官司。

十二月三十一日，夜。我开车行驶于岭东高速公路。整条高速公路上都是去看日出的。我紧盯着前方车辆的刹车灯向前走。时钟指向十一点三十四分。祝你生日快乐，姐姐。我小声说。姐姐你要是多活几年，我的胶纸肯定比你多，那我就当姐姐了。你太小气啦！我的声音被广播音乐淹没了。在骊州休息站，吃一碗鱼丸，喝口汤，跟自己说，祝我生日快乐。挂在休息站墙上的时钟正从十二点三十分向三十一分移动。人们为了看日出奔向东海。我在下一个收费站调转车头回家。明天跑一趟西海岸的高速公路好不好？哪儿的休息站鱼丸好吃呢？我琢磨着。

小小心算王

钟表慢十分钟。男子在报告书上这么记了下来。那场令 C 市变成汪洋一片的台风离开后，钟表就出了故障。刚开始那一个月，只是慢了两分钟而已，大家并没有察觉到出了什么问题。在公园里晨练的主妇，喂鸽子的小店主人，谁都没有发现钟表出现了异常。过了几个月，它每月慢了十分钟。第一个发现钟表有问题的是天天盯着钟楼等待下班时间的市政厅职员。市政厅正对着钟楼所在的公园。在市政厅工作的人都有一个习惯：喝咖啡的时候，被上司批评的时候，制作的文书被退回的时候，喜欢呆呆地望着钟楼。一年过去了，钟表每天都会慢十分钟。钟楼的承建公司也没能把它修好。C 市市政厅的门卫室长，每天上下班时间，对两次钟表。

男子停下手里正在起草的报告书，抬头望着钟楼。越过钟楼，他看到了疑似教会建筑物的模糊轮廓。一个瘸腿的流浪汉手里端着大碗面走进公园洗手间，三四个老人围坐在长凳上下象棋。不知从何时起，整个C市越来越像那出了故障的钟表，人们走路都变得慢吞吞的，就像在公园里晒一整天太阳的老年人。年轻人不再抬头看钟楼上的时间，因为他们没必要知道现在是几点。

曾经，钟楼是公园的象征。传言说，当太阳躲到圆形钟表背面时进行表白，就能如愿得到爱情。每当太阳西下，钟楼对面的长凳上总是能看到坐在一起的恋人。每年春天的写生大会，孩子们的每张画中都有一座微微倾斜的钟楼。难道孩子们已经预见到了那座钟楼和环绕钟楼的公园将慢慢地倾斜，并最终倒塌下来？男子的脑海里突然浮现起这样的疑问，不过马上就消失了。

市政厅贴出了钟楼拆迁公告。公告称，市政厅计划在原址上建一座足以象征本市的巨型雕塑。起草报告书的男子被市长叫了过去，足足夸了一个小时。我们的公务员也要提高质量水准啊……市长爱用"质量水准"一词。男子第一次见到市长，不知道该把目光投向哪里。他只好在市长讲话时死死地盯住书桌上的烟灰缸。市长说，他对报告书上的文字感到很满意。男子在报告书上用了"传染"这个词。如果有一个人喜欢唉声叹气，他的忧郁情绪就会不知不觉地传染给身边的人。同理，人们老是盯着变慢的钟表，也会不知不觉地失去生命活力——他用一把"ǐ"字键有点毛病的键盘起草了报告书。市长读了一会儿报告书就想，如果哪天钟表停了下来，说不定 C 市也会跟着一起停下来。为了明年的选举，市长需要给市民带来一些活力。光靠穿一件鲜亮的衣服，回复每一封市民来信，还不足以给本市加强活力。市长略显不快，看着一直躲避其目光的男子，说：这件事情就交给你去办啦。

男子把公文交给了管理市政厅网站首页的职员。谁的工作？男子挠了一下脑袋说，是我负责的。那位职员耸了耸肩，他前后晃起椅子，借着反作用力点了点头。男子是临时职员，他的工作是每半个月制作一份简报。此外，还要将各种公开活动时拍摄的照片整齐排列到相册里。而重要的照片，得扫描并存储到电脑，以便需要用时立即发送给报社。相册秩序井然地按日期摆放在仓库里，照片目录也用 Excel 编排完毕，不管是谁来查找，他都能马上做出答复。不过从没有人来看过男子整理的相册。偶尔需要一些照片做报道资料，但来仓库翻找相册的人，还是他自己。

市政厅网站首页上登载了新的公告。"市政厅前方的公园里将建起一座雕塑"，这一行句子旁边有个闪光的"new"字。男子点击鼠标左键。"C市市民皆可应征。方案如被采纳，获一百万奖金；作品如被采纳，获全部制作费和三百万奖金。欲知详情，请向发言人办公室问询。"公文的最后一行，是男子的名字和办公室电话。男子在自己的名字上反复做选择/撤销操作。名字变蓝了。

小小心算王，是男子从前的外号。那时他读小学四年级。应该是二十年前的事情。那个团体名字很长，"为培养英才的数学老师联合会"，他们举办少年心算大会。早会上，班主任老师说，为了选拔学校代表，期中考试最后一天将举行心算比赛。心算比赛上男子仅以一道题的劣势排在第二名。平时成绩不好的男子获得第二名，马上就出现了风言风语。有人说，班主任老师提前给他泄题了。有个孩子说，亲眼见到班主任老师和男子的妈妈一起从市内的咖啡厅走出来。不许胡说！男子找到散布流言的孩子，揪住他的衣领。男子很委屈，心算比赛纯粹靠的是个人实力。

举行心算比赛的那天早上，他在洗脸。眼前突然一闪，一盏灯在脑壳里亮了，就像荧光灯那样闪了几下，接着照亮了他的大脑。他抬头看了一眼钟表。表盘上"1"

到"12"相加之和，就浮现在他的眼前。他看了一眼日历。日历上横排、竖排的数字相加之和，就浮现在他的眼前。被揪住衣领的孩子，脸慢慢涨红了。班里的孩子们向男子围过来。他不知道该怎么解释。参加大会并夺得第一名，流言很快就会烟消云散的。

第一名是六年级的孩子。他比男子矮，父母经营肉店，成绩始终名列前茅。他从肉店出来时，男子躲在一辆停放的卡车后面，朝他发射了弹弓。听说他有失明的危险。参加大会的那一天，妈妈给男子做了他最爱吃的土豆汤。男子往汤里泡饭时突然把饭勺扔到地上。你为什么要去咖啡厅？如果不是那些流言，我就不用拿弹弓打他了。放肆！把饭勺捡回来！爸爸瞪起眼睛，举起了右手。男子将扔到炕尾的饭勺捡了回来。男子一边吃着土豆汤里的泡饭，一边安慰自己。幸好，人有两只眼睛，不是只有一只。

男子在大会上得了第一名，得了一枚金牌，上面刻着大大的"1"字。数字的左右两边雕刻着一个男孩和一个女孩的图案，他们侧歪起脑袋作沉思状。奖牌有豆包那么大。男子脖子上挂着奖牌去上学了。男子的座位靠着窗户，奖牌耀眼地反射着阳光。

爸爸在走廊中央钉上一根钉子，把奖牌挂了起来。人走进玄关，就能感觉到屋内亮堂堂的。好像是真的哦！邻居大妈们上门来参观奖牌。C市的市长请男子参加晚宴。一同参加的还有一位少年家长[1]，她穿着一件衣扣脱落的衬衫。道知事[2]给少年家长颁发了孝女奖。她一个人照顾失明的爷爷和身患腰疾的奶奶。那天他吃东西噎住了，三天没去上学。三个月之后市长被罢免了。

男子还上过电视。主持人叫他小小心算王。你一看数字就能用心算算出答案吗？主持人弯着腰问男子。我一看到数字，脑袋里就出现珠算。哇！旁听席爆发出惊叹声。男子没有上过珠算学园，甚至没摸过一次珠算盘。如果他告诉人们，自己脑袋里有一块像篮球赛场用的电子屏，肯定不会有人相信。看过电视的主妇们争先恐后把孩子送到珠算学园。学校对面的韩森珠算学园园长，送给男子一个书包作为礼物。因为报名的学员翻了一番。

上过电视的男子，开始收到粉丝的来信。整个暑假，男子回了数十封信。坚持通信至那年冬天的人却没有几个。金枝美，她跟某一演员同名，常常拼错单词。男子在回信中帮她纠正拼写错误。还有一个叫宝贤的孩子，忘了

1　因父母早逝或无工作能力而承担家长之责的少年。

2　道，韩国一级地方行政区域，相当于中国省级；知事，道的行政长官。

他姓什么。他在信中说，自己的梦想是把香蕉吃个够。有一个孩子说恨不得杀了自己的爸爸……好像叫朴园琪，读小学五年级，比男子高一届，不过他们同岁。男子在回信中说，恨他吧，每天晚上做一个杀死爸爸的梦。之后，那个孩子就再没有来过一封信。给男子起外号叫小小心算王的那位主持人，去年因直肠癌死了。那天，男子系着黑领带去市政厅上班。没有一个同事注意到他系了黑领带。

从课长[1]的座位上能看到钟楼的右侧。看到那个人了吧？课长指着坐在钟楼下的男人说。一个男人举着"反对拆迁"的示威牌坐在钟楼下。计划建造雕塑的公告发出后的第二天，那个男人就开始示威了。他没有访问市政厅，没有提交陈情书，没有威胁相关工作人员，没有组织上街签名等活动，只是安静地举着一个示威牌坐在钟楼下面。

市长明后天就要出差回来了……课长只说了半截话。课长身边的很多人都听出了下半截话的意思。不过男子是头一回听说这件事，完全不明所以。只能呆呆地望着长长的条幅在钟楼上随风飘荡。条幅上写着"准备拆迁"的字样。建议悬挂条幅的是课长。我们的要比示威男人的大！

1　政府或公司中某一部门的负责人。

课长对男子说。男子给课长看了写有五个句子的纸条。课长在五个句子上全部打了叉，接着就在下面写了"准备拆迁"。条幅挂出后，钟表好像对此做出回应似的，走得更慢了。门卫室长也不再给钟表对时间了。

不能让他继续待在那里吧？课长用圆珠笔敲了敲落地玻璃窗说道。课长从他的座位上指着示威的那个男人。然而从男子站立的位置上看，课长所指的地方，却有两位喝米酒的老爷爷。坐在课长前排的李主任干咳了两声，然后捅了一下男子的大腿。这是叫你去处理一下嘛！到了这会儿，男子才点着头发出一声：啊！

太阳西下，阳光落到了位于办公室最靠里的男子的座位上。阳光落到男子座位上的时间是下午四点。男子喜欢这一时刻。当飘浮于书桌上的灰尘颗粒清晰地呈现时，他觉得自己变得大度了，仿佛可以包容一切。常识百科全书上的金色字体，熠熠地反射着光芒。男子每天读五页常识百科全书。男子知道秋天的天空为什么会呈现蓝色，大雪天为什么没有电闪雷鸣；他还知道水为什么自上而下地结冰，人被切除大脑时为什么感觉不到疼痛。可是从没有人向他提过这些问题。

篮球框的网兜缠绕在一起，好像球投进去会掉不下来；一只狗扒拉了一会儿商店前的垃圾桶，然后叼着褐色的东西鬼鬼祟祟地在公园转悠了一圈。最后它趴在钟楼前，舔起了那个东西。从他的座位上可以看到示威男人的背影。男人一动不动的。钟楼的指针从五点一直转到了七点三十分。男人弓起膝盖，把自己的身体卷得圆圆的。背好凉啊。他自言自语着，把视线移到钟楼的尖顶。越过钟楼看到了教堂的十字架。如果能测一下公园里的温度，钟楼比别的地方也许要暖和三度左右。

当钟楼的时针指向八点时，那个男人站了起来。男人抬脚踢向蜷伏在钟楼底下的狗，迈步向住宅楼小区的那边走去。在街上，男人买了两根鱼丸串和三个烧饼，吃完了跟路过的年轻人借火，点上了香烟。

在停车场，那个男人把示威牌放进黑色嘉华的后备箱里，然后对站在远处看着自己的男子说，你想干吗？猝不及防的发问，让男子一时答不上话来。什么叫想干吗？这句话本来应该由他来发问才对。你想干吗？他也问了男人同样一个问题。他的声音像男人的回声一样响起。一辆红色马蒂兹要停靠在嘉华的旁边，但很快作罢。最终，马蒂兹隔着嘉华两个车位停了下来。男子抬头看着灯火通明的楼房。据说，C市的有钱人大部分都住在这幢楼里。为了填满那个四方形袋子，这个女人从住宅楼小区对面的大型超市都买了什么？从红色马蒂兹里走下一个穿着红色外套的女人。她手里的塑料袋子可能装着刀鱼。男子毫无根据地揣测着。

钟楼马上要拆迁吗？那个男人的嗓音显得干燥。对不上时间的钟表毫无用处嘛。他走过去，把手放在男人的肩上说。肩膀消瘦，摸到了骨头。那是很难猜到年龄的一张脸。在公园里，男人看起来有四十多岁，但是在街灯下，好像也就三十五岁左右而已。可钟楼毕竟在那个地方存在了很久嘛。男人的眼睛里掉下了一滴眼泪。除了人，世上所有的东西都会长久地守着自己的地方啊。男子立即将自己的目光转向了那只丢弃在游乐场的足球。哦，是足球啊！他这样自言自语道。

有没有一百韩元？男人的声调比原先提高了一个音阶。然而越想表现得欢快，就越显得忧伤。男子将一百韩元硬币从兜里都掏出来给男人看。男人一一察看手掌上的硬币。这个有，这个也有……男人一边说着，一边分类硬币。没有啊。啥？一九八一年的一百韩元硬币。你收集硬币吗？不，我女儿要。都找齐了，她好像就差这一种。

那个男人朝他点点头，就走开了。男人应该是从楼梯上去的。每一层楼的照明灯依次亮了起来。他倚靠在嘉华上，看到十六楼的灯没有亮。他把手里的硬币全都揣进兜里。冰凉的感觉，传到大腿上。

　　奖牌慢慢地褪色了。一开始，数字"1"变得有点暗红。它原来就是这样的吗？打扫门廊地板的妈妈问男子。我用牙膏擦了，可还是擦不掉暗红色。男子说，可能是为了凸显"1"字，才特意这么制造的吧。暑假开始后，班主任老师让男子到自己家里去坐坐。他在班主任老师的家里进行一小时冥想训练，据说这有助于提高记忆力。有时，男子的妈妈给班主任腌制辣白菜。我说，老师放了假还顾不上休息，给你孩子做辅导，真是让人感激啊！男子挨了一记妈妈的脑瓜崩，开始剥起蒜头。

　　假期结束前的几天发生了一件事情。妈妈出门时跟他说要去一趟 A 市的姑姑家。可是，妈妈没有再回来。男子在车站等待着凌晨进站的第一班火车。车站的空气中，仍飘浮着人们离开 C 市时留下的叹息声。一声声叹息像雾一样，模糊了人们的视线。身边浮动的哀伤，潜入了男子的身体，让他在夏日里瑟瑟地发抖。此时，男子意识到妈妈永远不会再回来了。他相信妈妈站在车站的广场上，也曾不停地叹息。面色蜡黄的人群走出车站。男子跟在人群中不住地叹息，只是并不觉得悲伤。在他的心里，有什么东西像奖牌一样明亮地闪着光。他不敢哭，好像他一哭，奖牌就会生锈似的。

假期结束了，班主任老师没有回到学校。男子想起了班主任老师的那副精致的金丝眼镜。这款眼镜在 C 市几乎没见过，不过他很快就忘了这款眼镜。妈妈比爸爸小十二岁，也许她喜欢上了那副精致的金丝眼镜。奖牌上的小男孩，脸越来越黑，好像要哭出来似的。男子朝着躺在炕头的爸爸大吼，我不是让你把它放进玻璃相框吗？男子认为放进相框就不会褪色。爸爸捡起奖牌就往灶台扔过去。爸爸的餐具被打碎了。

男子带着奖牌去金银首饰店。奖牌里的金子含量连百分之一都不到。电话簿上根本找不到"为培养英才的数学老师联合会"这一团体。

隔壁的人打算把自己的房子增建至三层。施工开始后，男子的家里就透不进一点阳光。奖牌上的小女孩，脸也像男孩子一样变黑了。奖牌背面刻着几个字：开朗、热情、青春。这些字上面也沾染了地图形状的污垢。他家租客要求退房。让租客恼火的是屋里采不到光，大白天还需要开着日光灯，电费比以前多出了很多。男子倒是很喜欢屋里透不进阳光。因为走廊里不开灯，奖牌上黑红的锈迹就不太容易看得到了。爸爸向隔壁房主提出抗议。爸爸解除定期存款，给租客退还押金，收回了房间。过了一个月，又过了两个月，还是没人租房。作为抗议，爸爸爬到隔壁家的屋顶睡觉。警察劝解爸爸，说邻里之间没必要撕破脸皮。爸爸从邻居家的屋顶上掉下来，摔坏了骨盆。街坊邻居议论纷纭。水果店的老禹说，他老婆跟人跑了，悲观自杀；而隔壁房主却说，他酒喝多了，一脚踩空，掉下来的；也有人在背后小声嘀咕，可能是想骗保险金，自编自导的。爸爸没说一句话。爸爸住院期间，男子常到街上徘徊；驶过一辆车，就拿车牌上的数字做加法。

隔壁房主来找男子。道路扩张，占用了男子家房前的院子。现在，玄关门成了大门。居民们让出来的地，用来修路。大家拿到了补偿金，又盖起新房子。除了男子他们家，其他人都增建了二层或三层。附近的租客比以前多了，胡同里陌生的面孔比熟悉的面孔多了起来。想好了吗？隔壁房主的嘴里冒着洋葱味儿。他晚饭好像吃了炸酱面。隔壁房子只剩下半边，想充分发挥房子的使用价值，需要购入他们家的地。你把地卖了，然后去买个小楼多好。你爸也应该享享清福了。隔壁房主说想买他们家的地。隔壁房主计划在上面盖一幢单身公寓。您能给多少？隔壁房主伸出了一根手指。请慢走。男子鞠了一躬，然后随手关上了玄关门。不管怎么说，他毕竟曾是小小心算王，隔壁房主好像忘了。

嗯哼，是谁？爸爸干咳一声，然后问道。是我。走廊地板很凉。在地板上走路时，错位的木板发出嘎吱嘎吱的声音。男子走路时，踮起脚后跟，轻手轻脚的。不过，爸爸很清楚男子在干什么。他一晚上几趟洗手间爸爸都知道。

隔壁老金来过吧？别把地卖给那个家伙！爸爸的声音从门缝里挤出来。屋里关着灯，电视开着，从里面透出的光线一闪一闪的。地板上放着柜子，那是妈妈带来的嫁妆。爸爸移出柜子，在原地放了一张保健床。柜子年代久远，门都已经关不上了。爸爸把柜子从妈妈的房间里搬出来，但没忍心扔到屋外。男子先把抽屉卸下来，再把手伸进柜子底下，从里面掏出一件用报纸包裹的东西。那是出让院子的补偿金和他参加工作后陆续存入的定期储蓄凭证。凭证上的数字清晰可见，好像在数字上涂了夜光粉似的。

你在抽烟吗？为什么不快点进来？爸爸在屋里又一次大声说道。男子把存折用报纸包起来，藏到柜子最里面。

搬出柜子后，原处一直没有贴墙纸。恍惚间，房间里好像仍有一个透明的柜子。爸爸躺在保健床上，用让人听不懂的话在说着什么。爸爸仿佛被囚禁在透明的柜子里。

我在电视里看到过叫什么灰树花的。爸爸舔着嘴说。灰树花？男子从没听说过。自从得了糖尿病，爸爸就特别在意自己的健康。起初，他收集了一些传闻中治疗糖尿病的食物，而后又收集了一些传闻中防治癌症的食物，再后来又收集了一些传闻中预防老年痴呆的食物，然后把食物清单写在纸上，递给男子。爸爸说，这都是为了防范于未然，再说也不是为了别人，还不是为了孤苦伶仃的儿子。爸爸的那张保健床，就让男子三个月没存定期储蓄。

男子拿起电视机上的储蓄罐，好像满满的，沉甸甸的。那是我的钱。男子刚要打开储蓄罐，爸爸就说。男子开始找一九八一年版的一百韩元硬币。有一九八〇年版、一九八二年版的，唯独没有一九八一年版的。他挑出两枚，其余都放回储蓄罐里。硬币锈迹斑斑的，看不清是一百元的还是十元的。男子跑到浴室里不停地擦洗硬币，直到显出原貌。

奖牌变得一团漆黑，已经看不清上面的图案。奖牌变黑了，大小跟三立[1]豆包差不多，看着有点可笑。全运会上，挂在运动员脖子上的奖牌，没有男子的那么大，然而

1　指三立食品公司，成立于1945年。

显得精悍、结实，像巧克力饼干。爸爸吐出的烟雾，很快就把壁纸熏得焦黄。挂在上面的奖牌和焦黄的壁纸浑然一体，如果不仔细看，很难看到上面的奖牌。

六年级，秋季学期开始不久的那段时间，隔三差五地下一场暴雨。没过几天，名称奇怪的台风“呜呜”，横扫了 C 市。他家的地下室浸了水。爸爸一整晚都在往外舀地下室里的积水。男子躺在屋里，想象着房子随着水漂走。冰箱里有吃的，把房子当成船，周游全国不也挺好嘛。这幢房子是爸爸的爸爸盖的。爷爷是全国有名的木匠。男子小时候，爸爸让他骑到自己的脖子上，叫他读玄关上方刻的文字：赐予住在这里的人以幸福吧。据说，字是房子完工那天爷爷亲手刻上去的。洞事务所的警报声响起了。广播里通知大家赶快拿几件贵重物品躲到学校里。爸爸踩着椅子爬上去，摘下玄关上边的木板。“幸福”两个字刻得最大。男子伸手去摘墙上的奖牌。要它干吗？跑来跑去的爸爸大声说。男子噘一下嘴，就把奖牌放进了珠算学园园长送的那个包里。

男子的房子，随着地基的塌陷，逐渐向一侧倾斜。妈妈的化妆品在屋里到处漂着。爸爸说，受过伤的骨盆一沾到凉水就疼。爸爸只留下了男装，其余的衣服全扔了。男子从包里拿出奖牌挂在走廊上，心里还琢磨着要不要给它涂上红漆。爸爸冲他瞪着眼睛，一把摘下墙上的奖牌扔出窗外。外边传来酱缸台破碎的声音。刹那间，男子脑袋里的电子屏灯光熄灭了。隔壁家、隔壁家的隔壁家，都是没有奖牌的。军人们把大街上的垃圾清理干净了。

升入中学的男子非常喜欢看星期天早上的《挑战，猜谜王》。小小心算王这个外号，就是这档节目的主持人给他起的。参加这个节目需要提交父母签署的同意书和班主任的推荐信。你为什么想上这个节目？班主任老师教国民伦理课。班主任用出勤本戳着男子的肚子说。整个一年级，国民伦理课成绩最差的就是他。他对班主任老师说，读小学时，他在少年心算比赛上拿过一等奖。入学仪式上，班主任老师说，他考过所有的高试[1]，然而倒霉透顶的是，他全部落榜，只拿到一张教师资格证。老师，您可能不知道。男子解释了在电视上展示自己是很美妙的事情。班主任老师拿出期中考试成绩表看了一眼，然后抬起下巴说，你不是心算王嘛，数学成绩为什么这么差？他认为，参加《挑战，猜谜王》大赛，并拿下奖牌，他的脑袋会重新亮起来。

男子伪造推荐信，填了参赛申请书。想上电视，先要

1　指韩国高等公务员考试。

通过预赛。直到中学毕业，男子共参加了六次预赛，均遭淘汰。挂奖牌的那一小块墙壁，颜色褪得不多。男子常常盯着看，想象上面有一枚肉眼看不到的透明的奖牌。被弹弓击中的孩子考上了 S 大学。男子听后就开始喝酒。每次喝酒，他都感到自己心中的那块奖牌在生锈。

听说，市政新闻主持人要换了。坊间传闻，民愿室[1]的郑，是下一任主持人。这像话吗！在洗手间里，女职员们交头接耳。市政新闻的原主持人曾在中央电视台做过播音，而她父母在 C 市经营三家连锁排骨店。市政厅职员去就餐优惠百分之十。她还获得过韩国小姐大赛的最佳上镜奖。可是，郑只是一个平凡的职员，仅仅参加过一次 K 市举办的土特产小姐大赛。有一次她跟男子说，大奖没拿到，只拿到市民颁发的人气奖。人气奖是唱了这首歌拿到的。她说着说着，就对男子唱了起来。这像话吗！听说是局长的"这个"。坐在男子旁边的同事，伸出小手指头，晃了晃。

民愿室里写着"需要帮忙吗?"。那个"?"，跟郑的小圆脸很相配。男子把小纸条塞进了半月形的小孔。"午饭时间，公园。"当钟楼的指针指向十点二十五分时，郑如

1　韩国各级行政、司法机关的公共服务窗口。

约而至。真的吗？她爱听不听的，只顾着摆弄手机。中午我约了人，有话快说吧。手机上挂着玩具小熊。在通勤公交车上男子对坐在一排的郑说，那是泰迪熊吗？手工缝制的玩具熊都叫泰迪熊吗？郑很认真地听着。名字的来源是美国总统罗斯福，他的昵称就是泰迪。男子只顾说个不停，没有察觉公交车已经到了市政厅。有一次，罗斯福总统去猎熊。工作人员看到总统一无所获，就活捉了一条小熊仔让他猎杀。不过总统放了那头熊。这个故事传开以后，就出现了泰迪熊这个词。直到男子把故事讲完，郑都没有从座位上站起来。

那是常识百科全书上的内容。一天讲两个故事，足够让郑开心一整年，想到这里，男子暗自心动。他原来一天读两页，开始改为一天读五页了。他怕自己记不住，提前在手心上写几个字。每次郑拿起手机看时间，玩具熊就左右摇晃着脑袋。它好像在故意气他似的：你生气了吧？

我很有钱。男子的话惹得郑噗嗤一笑。那不是在民愿室里展示给市民的笑容。政府修路，征收了我的院子。补偿金不是小数目。这笔钱男子没跟爸爸说。将来把房子卖给隔壁房主，还能得到更多钱。这些钱能买一幢不错的楼房。这时，有一辆黑色轿车停在公园门口，响了两次短促的喇叭声。女子挥挥手，说，那些钱你自己留着用吧。

那个男人还坐在钟楼下面，继续示威。好，我知道啦！课长把屁股靠在男子的桌子上，用一种压低的、沉重的嗓音说道。那我就找别人吧。课长一离身，桌子嘎吱一响。所有职员都把目光投向男子。男子每动一下，桌子就跟着晃。他一整天都感到眩晕。不知道桌子哪里出了问题。四条桌腿稳稳地立在地板上。奇怪的是，只要男子把手放到桌子上，它就晃动起来。

快要下班时，男子捡到一颗螺丝。螺丝滚到男子的脚尖。男子坐在桌子底下，寻找螺丝孔。突然，一滴眼泪落了下来。你在干什么？前排的女职员问。我在找东西。课长从局长室出来，一边红着脸，一边捉弄地说：干什么呢？我在找东西。桌子上没有空螺丝孔。一个讨厌的职员往桌子上扔了一本国语辞典。不过，并没有吓到男子。

篮球框的网兜仍缠绕着；上次男子坐过的椅子上仍放着空饮料瓶；男子看到李主任横穿斑马线，每天给钟表对时间的门卫室长，就跟在李主任的后面。他们两人走到示威的男人跟前。听不到他们在说什么。他们一直谈着，钟楼的表走了三十分钟。

也许那个男人有一个行动不便的女儿。她唯一的乐趣，就是透过望远镜看公园。变慢的时间也许能给他女儿带来一丝安慰。男子这么想象着。然后，他的眼前浮现起瘦弱的肩膀和许久没有过笑容的面孔。李主任和那个男人握了握手，就走开了。也许，男子想错了。可能他只想博人眼球。也可能是抗议去年错征了他的税。但这都没关系。时钟，缓慢走动，但最终还是会停下来的；就算时钟停下来，他的房子也会岿然不动。

　　男子从兜里掏出螺丝。木制长条椅的一角，有一个手指大小的孔。越过钟楼，教会的十字架亮起灯光。路灯也通了电。那个男人把标语立在地上，走进店里买一份碗面，坐在遮阳伞下吃了起来。在公园游荡的流浪狗坐在他的脚边。他一定会察看买碗面时收的零钱。因为说不定能找到一九八一年版的硬币。男子把螺丝塞进孔里。孔有点小，不易进去。男子用石头敲了敲螺丝头。插进了半截螺丝。螺丝插不进，也拔不出。这是一颗用不上的螺丝。真是悲哀。男子觉得自己就像那颗螺丝。我，从前是小小心算王。在男子的心里，一枚金黄的奖牌熠熠生辉。宣传组的电话号码加起来等于31；小学时的学号加起来等于248；居民身份证号加起来等于41。男子的脑袋里，几个数字相互缠绕在一起。

有人在敲门

　　他吹响了一声长哨。落在湖面的云影飞掠而过；相隔五米的樱树上，半熟的樱花果纷纷坠落；雨滴落进了桌上的纸杯。骑自行车的人听到哨声，加快了速度。才骑了不到三十分钟……男孩子说，他的 T 恤上印着某个漫画主人公的形象。钱还给你吧。男孩子拿着退还的一千韩元，走进商店。他把自行车整齐停放，上面盖上塑料布，为了防止雨水渗漏，又盖上一层帆布。

　　他在市政厅的公园绿地课工作了七年。整整七年，他没有缺勤过一天。刚上班不久，他就开始存三年定期储蓄。三年后他要学滑翔伞。他的心愿是，用储蓄金买一辆车，周末在后备箱里装上滑翔装备，开车去梅山里和大阜岛去玩。开始领取储蓄金的那年，他弟弟出国留学。他很爱弟弟，于是他跟自己说，滑翔伞以后再学也不迟。弟弟出生时，他念小学一年级。弟弟出生的那天有过一次轻微的地震。黑板上老师写的字，在他眼前形成了叠影。据传，H市因地震死了好几个人。弟弟爱哭。只有他能劝得住弟弟的哭闹。他说，都是因为地震！可惜没有人愿意认真听他的。弟弟走后他又开始存钱。三年后，妹妹要结婚了。哥哥，他是一个医生。妹妹说。她说，出嫁前的东西她一样都不想带走。他读了报道滑翔伞事故造成死亡的新闻，剪下保管起来。他想了很久，觉得滑翔伞太危险了。

他在公园绿地课工作期间，市里一共修建了三座公园。他说服课长在公园里种了樱桃树、杏树、苹果树、桃树等果树。课长问，那些果子让人摘走了怎么办？种了果树的公园受到市民的热烈欢迎，于是市长就奖励了课长一次特别休假。此后，公园里要种什么树，就由他决定。在第二座公园，他种了一种嫩叶可以摘下来食用的树。每一棵树上都挂上了一份详细的说明书。公园成了附近小学的户外教学场所。在第三座公园，他又种了一种树，树的叶子和果子可以制作染料。他还计划建立一间实习室，让市民学习制作天然颜料的方法。监察课的人讯问他，为什么公园里实际种植的树木数量少于采购量。没有种植于公园的树木散落四处，其中一部分，种在了市长家的前院，系长的老家，课长的老丈人家。他从市政厅辞职了。那位偷拿五十棵桃树的课长，在公园的角落给他找了一块地方，让他开一家自行车租赁店。他放弃学滑翔伞，改学骑自行车，很安全，重要的是还不用花钱。

他从不足一坪[1]的办公室往外看。公园里的铜像渐渐被雨淋湿。宣传庆典的条幅在风中飘动。头痛又开始发作，他稳稳地按住了左眼珠子。湖的那头，有个没打伞的女人在公园里徘徊。乌云密布，公园里的空气凝重了。所有的路灯都亮了起来。湖水仿佛吸入了灯光，整个湖面霎时变得亮堂堂的。那人为什么要淋着雨？他看着在湖面上忙碌的鸭群，想了一会儿。纸杯倒了，被雨水冲淡的咖啡全洒到了桌面上。这是公园里最好喝的咖啡。公园里有好几个自动售货机，他尤其喜欢篮球场边那台售货机的咖啡。女人围着湖绕了两圈，然后就站在原地直直地望着湖面。去年冬天，一个年轻人在湖里淹死了。警察没有查清是自杀还是失足落水。女人现在盯着的，正是发现那个年轻人尸体的地方。

今早，他在斑马线见到一个疯女人。那女人跑到他的面前，劈头盖脸地问有没有一万元。不是一千，而是一万，他不禁噗嗤一声笑了出来。那女人还连声问其他过

---

1 一坪约为三平方米。

路人，有没有一万元。但没有一个人给她。他掉过头，目光落在了写着"交通信号控制器"的箱子上。他有一种冲动，打开那个箱子，一把剪掉里面缠绕的电线。绿灯再次亮起，行人都走到了对面，他仍站在原地一动不动。来骑自行车的人都很爱笑。挑自行车的时候笑，摔倒时笑，找零钱时笑。绿灯灭了，红灯亮了，车辆启动。这时，疯女人朝着公交车跑过去。响起了长长的喇叭声。

他拍着玻璃窗喊起来。喂。那边的女人好像朝他看了一眼。在玻璃窗上，浮现起他今早看到的场面：一个头破血流的女人，眨着眼睛。在他眼前，那疯女人的形象和湖边女人的形象重叠在了一起。他用手掌拍起了玻璃，试图抹掉眼前浮现的画面。奇怪，他的手停不下来。他拍着玻璃窗，仿佛这样可以把声音传到很远很远；仿佛可以让弟弟给他寄一封信；仿佛可以让妹妹关掉整天盯着不放的购物频道，给他打一个电话。响起了一阵玻璃破碎声。玻璃碎片落满了他的右手。雨水刮进来，洗净了手腕上的鲜血。就像那停不下的雨，鲜血也流个不停。

他睁开了眼睛。虽然没戴眼镜，但在刹那间，他还是清清楚楚地看到了表盘。七点。他又闭上眼睛，再慢慢地睁开。像平时一样，眼前一片朦胧。他想找一下自己的眼镜，抬起了手，发现右手手腕上绑着绷带，左手手背上还插着输液针管。商店的女人把他送到了医院。商店女人自从看到他在篮球场边的售货机里买咖啡，就不搭理他了。应急处理做得不错。医生说。估计是商店女人做的。以后，我就去她家商店买咖啡吧。他这么一想，情不自禁地笑了笑。

笑一笑，多好啊。医生微微露出整齐的牙齿说道。这个人似乎天生就该穿白大褂，只一个眼神就给人一种信任感。我有点倒霉。他一直觉得自己还是挺幸运的。弟弟妹妹都如愿考上了理想的大学；公务员考试他也一次性通过了；尽管当公务员的时间不长，但也做出了一些成绩；他住的虽是全租房 [1]，不过也是足有十坪的单独公寓。妹妹的房子超过五十坪，妹妹有时还给他送来高级品牌时装。他的妹夫每周在报纸上写一篇健康专栏。他把那些专栏全都收集了起来。从市政厅辞职后，他有段时间确实感到失落，但很快发现经营一家自行车租赁行，比做公务员还有趣。在市政厅工作时，每天早晨他都这样嘀咕："啊，如果今天是星期天该多好。"不过，现在却这么说："啊，今天要是下雨该多好。"他觉得自己变成了一个很浪漫的人，

1　韩国特有的房屋租赁合同，承租人只要交付一定数额的保证金便不需再行支付租金。

所以这样的小事故，就不必大惊小怪啦。

我给你讲讲我一个朋友的故事吧。医生刚想开口，一个胸口满是鲜血的男子被推进了急救室。医生拍了拍他的肩膀，就朝那位伤者跑去。伤者身上有一股酒味儿。我要把他们全杀了。受伤的男人大叫。不过护士们满不在乎，她们好像对这种场面已经见怪不怪了。您先把伤治好再去杀人吧。有人甚至开起玩笑来。刚才跟他聊天的医生，把伤者的胳膊按住，绑在了床上。伤者大吵大闹，可躺在他旁边的老爷爷，连眼睛都没有睁一下。不会吧？他站起来，把手指放到老爷爷的鼻子底下。还有气儿。

过了一会儿，医生又来找他。刚才我不是说要跟你讲讲我朋友的故事嘛。高中时，朋友的父母离婚了。他深受打击选择自杀，在急救室洗了胃才把他救过来。后来，他饱受忧郁症的折磨。有一次他去拔智齿，顺便洗了牙，因为看到医院的宣传海报：定期洗牙可预防老年风牙痛。洗完牙回家时，我这个朋友突然发现自己这辈子活得实在太可笑啦。时刻准备自杀的人，居然怕自己年纪大了患风牙痛。明白我的意思吧？他直视着医生。这时，他才明白医生当时为什么问"为什么"。不、不、不。他摇着头说。有人呻吟着叫护士。如果需要精神科医生，我可以帮忙。我说的那个朋友现在是精神科医生。

医生拔下了他手背上的输液针头。医生慢慢走出急救室。他拿不出右屁股兜里的钱包，只好请护士帮忙。他用左手签了字。他的签字跟卡背面的字迹很不一样，女职员却没有在意。急救室外，一个背着孩子的女人在哭。他迈出一步，脚上用足了力。用力一踏，仿佛脚被吸入了地面，一直陷进医院地下室里去。

出租车司机频频斜瞅着他。两个雨刷器的移动轨迹略显错位。他的腿跟着副驾驶座那边的雨刷器，摆来摆去。出租车司机又一次把头转向他这一边。不、不。他差点说出来。什么？车停在信号灯前，司机关掉了雨刷器。雨慢慢地止住了。

他在天桥台阶的半道停下脚步。好像有人对着他的耳朵吹了一声口哨。可身后只有一个正在打电话的女孩子。他舔了一下嘴唇，试着吹了一声口哨。女孩子停下通话，用惊讶的眼神看着他。天桥下面有一个男人，在地上铺了一层坐席，兜售着五花八门的小东西。自从建了天桥，这个男人每天都在这里卖东西。他看着修剪指甲的组合工具，里面仅指甲刀就有两个，而且还有剪刀。这个叫 V型叉，是修指甲边儿用的。男人给他讲了各种工具的不同功能。他用一万韩元买了十件套的指甲刀组合工具。哦，您的手受伤了。男人一边往黑塑料袋里装着指甲刀套装，一边说道。不耽误剪指甲。他冷冷地回答道。

在电梯里遇到楼上的女人。以后会安静一些的。女人说着，同时摁下自家的十三楼和他的十二楼。女人有一个儿子，整天蹦蹦跳跳的。他无法安稳地睡个午觉，也很难安静地享受音乐。电梯从五楼开始每层都停一下，好像有人在做恶作剧。电梯每次打开关上时，女人就深深叹一口气。不要泄气。他把缠着绷带的右手伸给女人看。瞧瞧我吧。不管心里多难过，这样做都是愚蠢的。说完，他感觉自己好像真成了有自杀经历的人，感觉像干咽了一百个面包似的，心里很不是滋味，仿佛有一个陌生人的影子躲在自己的身体里。他走进家里，屋里弥漫着陌生感，像是第一次搬进来时的感觉。

日光灯坏了。他斜躺在床上，盯着电视机上的闹钟。时针和分针是夜光的。闹钟上印着一个知名艺人的形象。以前，此人每周五晚上主持一档脱口秀节目。那时，他经常在床角叠放着三四个枕头，斜靠在上面观看脱口秀节目。闹钟本来是寄给先前入住者的。可能是先前入住者发送过观众感想之类获得的奖品。旁边是鸭子闹钟。他在市政厅上班时，把两个闹钟设置为隔五分钟响铃。他因此从没有迟到过。鸭子闹钟是弟弟的女朋友寄来的。弟弟服兵役时，她每星期都会寄一封信。闹钟是用小包裹寄来的，那是弟弟留学之后。她的纸条上是这么写的：我翻了个遍，你送我的也就这么一件。他看了一眼桌上的空相框，他还没想好放哪张照片。送他相框的是小学同学P。他是在找同学的网站上遇到P的。P发来私信：很好奇你是不是变样了。不会不记得我了吧？他忘了P的长相，于是从阳台上的箱子堆里找出小学毕业照。毕业照上，P略低着头。哦，是这孩子！他想起了拍毕业照的那天，就在按下快门的瞬间，这孩子用食指在前排同学的脑袋上弄出了"角"。我们班不得不重拍了一张。你就是捣蛋的那个孩子？他回复道。同学会是在江南的一家扎啤店开的。P连续发来三条私信：我想见你一面。扎啤店入口贴着小学校名和座位号。大家像是在玩拼图游戏一样搜寻着彼此的记忆。喂，还记得Q吗？还有W，就是那个百米冠军。彼此核对姓名，就花去好几个小时。分手时，P从路边摊买了一个相框送给他。请接受我迟来的道歉。额头上的伤痕没了吧？那天晚上，他从睡梦中醒过来，突然明白P为什么想要见他。P把他和同班的A弄混了。P挥动拖把打到了A的额头。拍照时，那个站在P前面的孩子，才是A。

屋里没有一件东西是属于他的。妹妹结婚时给他留下了床和衣橱。哥哥，等你结婚时，房子我给你解决。正准备嫁妆的妹妹经常这样说。柜子和床是白色的。妹妹不知道他不喜欢白色。放电脑的桌子是弟弟中学时就开始用的。桌子上留下了不少痕迹，弟弟有个毛病，喜欢用圆珠笔戳桌面。他抚摸起桌面，那些凹痕转移到了他的心上。他长长地叹出一口气，那些躲在心中的影子飘到外边，浮游于屋内。他打开了电视，画面点亮，忧郁的气氛一扫而光，屋里陌生的影子立刻消失了。他按了一下鸭子闹钟，便响起弟弟的声音：亲爱的，快起床！天亮啦。被男朋友抛弃后，女孩子每天早上都听到男朋友的声音，听到一次就难过一次。混蛋。电视里的女演员对着洗手间的镜子大喊，她曾做过便秘药广告。

他取出指甲刀，为了剪指甲，尽量靠近电视机。在这间屋子里，完全属于他的东西，只有这一套指甲刀。剪左手指甲时，伤口有点疼。可能是离电视太近，眼睛还有点酸涩。

清晨，有人轻轻敲了玄关门。电视上播放着一部很老的西部电影。他调低了音量。谁啊？敲门声停了。他打开门一看，门口放着一个小箱子。"如果手腕上有伤疤就用它吧。1305 号。"箱子里有皮质的护腕。仔细一看，它很像电影里主人公戴的那种护腕。他左手戴上护腕，握了握拳头。然后爬上桌子，拍了拍天花板，表示感谢。过一会儿，楼上传来叮叮的声音。

他翻开生活信息报找旧货商店。"呼吸的物件"，名字挺特别。一小时后，他们就派来了一个职员。他穿着绿色 T 恤和背带牛仔裤。T 恤上有公司 LOGO："呼吸的物件"。您好，您想卖什么？职员环顾着屋内说道。他指着电视机。电视机？还是上面的闹钟？该职员仔细看着电视机说。该职员牛仔裤的屁股下面开了一个口子。动一动，里面的内裤就若隐若现。是电视机。不过，你的裤子开了口。他对低头察看电视机的职员说。哦，您说这个。这是我们公司的经营理念，我们职员的工作服也都是从二手服装里挑选的。

该职员把 25 英寸的电视机搬到外边。电视机是他妹妹以三个月分期付款，从她高中同学那里买的。她这个同学受骗结婚，不到一个月就离了，后来又深陷传销组织。妹妹说，这个同学在整个部门业绩是最差的，没办法只好买了一台，算是帮忙。电视机买来不久，妹妹就失业了，余下的款项只能由他来支付。他向来很讨厌的职业棒球队，就隶属于这家电视机生产厂商。

这台电视有什么故事吗？职员把电视机搬到外边，回来问他，然后从兜里取出笔记本。什么故事？他一边摸着绷带的一角，一边问。您不知道吗？我们收购货物的同时，也收购关于这件货物的故事。我穿的这条牛仔裤，是一位父亲送给女儿的大学入学礼物。他女儿现在太胖穿不下，就卖给了我们。听说他女儿考上了 S 大学。可能是托了这条裤子的福，自从穿上它就好事不断。

他给职员讲了妹妹的高中同学的故事。她负债超过一个亿，卖过电视机，卖过净水器，也卖过电动牙刷，可是她的债务却一点没有变少。同学们实在看不下去，就开了一次同学会，决定一人买她一样东西。职员把故事记在了笔记本上。他还卖掉了衣橱，也卖掉了床。从衣橱里拿出来的衣服，在屋内的一角堆成一小堆。因为没什么故事，大小不合身的衣服一件也没有卖出去。他卖掉了搬家公司的人失手弄坏的电饭锅，弟弟在学校田径比赛获得的奖盘，刻着国会议员名字的铝锅。"呼吸的物件"的职员高价收购了弟弟的书桌。搬书桌的时候，他又有点舍不得了。弟弟的内心似乎总有莫名的怒火，他把愤怒全发泄到了书桌上。他请求道，把它卖给能够治愈伤口的人吧。

他不知道弟弟的住址。他给妹妹打电话，但没人接，手机是空号。他把鸭子闹钟放进小箱子里，再把键盘放到大腿上，用左手打起了字。这是你的闹钟，你自己处理吧。可以重新录一段声音，送给别的女孩子。打两行字费了不少功夫。信放进箱子里，在信封上写了弟弟的大学校名。他想找 A，打开"找同学网站"，翻了一会儿帖子，发现一条三年前的留言。还有人记得我吗？有没有人看六点钟的《故乡还活着》这个节目？那节目是我做的。这是 A 的留言。他翻了翻报纸，没有发现在播《故乡还活着》的电视台。他给每家电视台都打了电话，但是他们都不想认真回答他的问题，倒是一再询问他的情况。他翻遍了各家电视台的网站，终于找到三年前播放《故乡还活着》的电视台。这个相框是你的小学同学 P 送你的礼物，他想向你道歉。额头上现在还有疤吗？他打字比刚才快了一点。他怕相框玻璃被摔坏，用毛巾把它包起来，送到邮局。

晚上，他拉开窗帘，打开阳台的灯。屋里亮了一点。打开电脑，又亮了一点。不过显示器每五分钟就熄灭一次，于是他暂停了屏保功能，又取消了省电模式。他把显示器当作台灯，翻看从衣橱下面找到的过期杂志。他想吃拉面，可是左手拿筷子又嫌麻烦，于是就给中国饭店打电话要了一份海鲜辣汤饭。他偶尔仰躺着看天花板上的污渍。是楼上洗手间漏水后出现的。天花板上好像有人蜷缩着。他吹起口哨。风啪啪地敲着阳台的门窗。清晨，他把那只印着艺人形象的闹钟放在 1305 号的门前。早饭时从楼上传来敲地板的声音。书桌已经没有了，他不能敲天花板，只好从鞋柜里取出一只鞋，扔向天花板。天花板上留下很显眼的鞋印。

"呼吸的物件"，他们的店位于市郊，去那里要换乘两次公交车。那里原来是化纤工厂。化纤工业渐渐衰落，该工厂也随之破产。受此影响，本市的经济也跟着变得不景气了。建筑物上写着"世上不存在没有故事的物件"。一个戴着方框板材眼镜的人向他走来。您第一次来吗？板材眼镜递给他一张地图，说，您到里面可能会迷路的，就看着这张地图购物吧。板材眼镜又递给他一张蓝色的纸。如果想买什么东西，就在这张纸上填好物件编号，再交给我们的职员。送货是免费的。

店内的格局很像大型打折商场，所有东西都十分整齐地排列在货架上。每件东西上都挂着小卡片，上边写着关于它的故事。这家店和减价商场的不同之处在于物品的排列方式。整个店根据故事类型分成四部分。他走进了"欢乐世界"那一组。"朋友借钱还不上，拿他自己正在使用的音响抵债。音响在这位朋友的财产目录上排第一位。""初高中时一直陪伴我的书桌，考上大学的那一天趴在上面流过泪。""家庭宿舍的女主人赠送的电风扇。附有一封信：炎炎夏日，辛苦吧？"他很仔细地读着物件上的小卡片，心里想着昨天自己卖掉的那些东西被分到了哪一组。他发现了一台烤饼机。"爸爸的公司破产后，这台烤饼机养活了我们一家人。现在爸爸有工作了。"他想，冬天是淡季，没人来骑自行车，我烤点饼卖一卖怎么样？

在"爱信不信的世界"，他看到被砍掉脑袋的人偶和缺一条胳膊的机器人。卡片上写着：跟恋人分手的那一天，我愤怒地揪断了人偶的脖子，第二天恋人在车祸中身亡；我家小狗吞下了机器人的一条胳膊，小狗居然没死。有一个男人在货架上呼呼大睡。他叫醒男人。你为什么在这里睡觉啊？男人很不耐烦地挥挥手臂。原来，手臂上挂着小卡片。他读起小卡片上的字。"今年四十，除了唱歌、开车，什么活都能干。"

他朝"悲伤的世界"那边走去，可是在半道上迷了路。地图上显示，走出"爱信不信的世界"，往左拐就到"悲伤的世界"。可他发现自己来到了"欢乐世界"。他原路又走了一遍。这时，他看到刚才躺在货架上的男人现在正坐在木椅上。请问"悲伤的世界"怎么走？他一边摊开地图一边问。男人闭着眼睛指了指向右边的那条道。

一位穿着粉红色开衫的老奶奶在看一支钢笔，突然她大叫一声。哦，天呐！这怎么可能啊！人们听到叫声就围了过来。这支钢笔是小时候爸爸送给我的。老奶奶不敢相信自己的眼睛，频频摇头。您是怎么看出来的？有人问。老奶奶指着钢笔帽说，看这儿，上边刻着 MK。我叫敏静[1]。老奶奶在她心爱的男人去日本留学时，把这支钢笔作为礼物送给了他，已经是五十多年前的事情了。大家都在听老奶奶讲的故事。老奶奶读着钢笔上的故事流下了眼泪。坐在最前排的一位主妇把手绢递给老奶奶。"是爷爷珍视的。患上老年痴呆症的爷爷，看到钢笔就会流泪。"老奶奶用颤抖的声音给大家读着小卡片上的内容。

他在店里没有看到钟，不知道过了多长时间。他觉得自己在这家店里待上好几年都没问题。他坐在地上读起了民事诉讼法。"可叹的世界"里，有很多高试备考书籍。书皮上写着：不要放弃。读累了就躺在地板上小睡一会儿。他觉得自己快成了那位在货架上睡着的男人。

不知道从哪儿传来嘀嘀咕咕的声音。他把两手放到耳朵上，想听清那个声音。原来，是那些架子上的物件在说悄悄话。有一本书在怀念司法考试中多次落榜的主人。他把耳朵贴到地上。假发在抱怨多年没有人来找自己。他走到假发的跟前。假发的原主人是一个害羞的人，他不好意思戴着假发出门。他摸了摸假发。"增高器"已经是第五

---

1 "敏静"的英文拼写为"Min Kyung"。

次来到这家店了。它说，每个孩子都只会在第一个星期热情高涨地做运动。孩子们几乎都是自己长高的，不是"增高器"的功劳。过了一段时间，父母便从某个角落里找出"增高器"，卖给旧货商。还有魔术道具。魔术用品店的老板用它来教魔术。爸爸们给孩子们变魔术，孩子们拍手叫好。魔术道具说，过去的幸福生活，让我直到现在都激动不已。那些物件的耳语声，他听着听着就流下了眼泪。有人轻轻敲打着他的心扉。他俯瞰自己的内心。他早已忘记了自己这三十年来是多么的孤独。

他小时候常常凌晨突然醒来，心脏像烧灼一般疼痛。高中时，他老是握着拳头。走路时、跑步时，甚至做数学题时，他都攥紧拳头。每次咽口水时，感觉像咽下巨大的冰块。他常常骑自行车在公园里转圈，直到全身大汗淋漓。比起过去在市政厅工作，现在轻松许多，但是累得爬不起来的时候比以前可就多了。他把手放到胸口上，微微的抖动，就像把手放在响着音乐的喇叭上一般。

庆典开始了。他掀开了自行车上的塑料布。自行车们大声抱怨着这几天太无聊。公园管理员老金跑向铜像那边。不知是谁，昨晚给铜像泼了漆。前任国会议员的脸变成了红色；那位建公园时赞助三亿元的地方名人，脑袋被泼成了黄色。老金扯下庆典横幅，盖住了铜像。他在自行车旁边放了一排旱冰鞋。旱冰鞋是在"呼吸的物件"里买的。他还买了一个衣橱，那是一对老夫妻因为要和儿子一起生活而不得不处理掉的。还买了电视机。他支持的那支棒球队，就隶属于生产这台电视机的公司。他买下魔术道具送给了1305号的女人。

这蓝天，真漂亮啊。他跟小店女人说道。小店女人给他泡了一杯咖啡，说白糖给你多加了一点。篮球场边那台售货机的咖啡比其他地方甜一点吧？小店女人有点不好意思地说。小店女人的老公在市政厅门卫室工作。他清楚地记得门卫向市长行军礼的样子。门卫从市政厅的屋顶坠落下来，导致身体残疾。他是为了解下挂在广告牌上的气球才爬上了屋顶，不幸造成事故。那个哭着要气球的孩子吓得不轻，不得不接受一段时间的精神科治疗。后来，市政厅在公园里挑了一块地方，让门卫的妻子经营一家小店。

孩子们本来是要租自行车的，可是一看到旱冰鞋，就改了主意。有些找不到合适鞋码的孩子急得都快要哭出来了。有个滑旱冰的小孩子倒在地上起不来。他跑向了那孩子，受伤了吗？孩子的父母也看到了，从湖的那边跑过来。孩子爽朗地笑了。叔叔，那天空真美。孩子脚上的那双旱冰鞋，原主人是一个患了小儿麻痹症的小朋友，那是他八岁时收到的礼物。小卡片上写着，我有时梦到自己穿着旱冰鞋在公园里滑行。那孩子把流着血的手掌往裤子上蹭了一下。他瞥到了手腕上的绷带。药师给他缠绷带时说，你为什么不去医院呢，可能会留伤疤的。他不在乎留伤疤。

草坪上，歌唱大会开始了。草坪的后面有几棵黑枣树，上面挂着说明书：把果子捣碎，敷在冻伤处，效果良好。可是，没等果子熟透，有些人就急不可待地把果子都摘走了。随着歌声，湖水轻轻地起伏。樱树的果子熟了。樱树的果子叫什么来着？几年后，樱树的枝条会变得更结实，树下会引来更多人。现在，也许在公园里某一角落，樱桃在慢慢成熟；也许在公园的某一角里，构树的树枝折断声吓着了孩子。小店的女人跟着众人的歌声摇晃着身体。她听到自己熟悉的旋律，忍不住跟着高唱起来。

叔叔，你的手怎么啦？

一个小女孩一边吃着冰淇淋，一边凝视着他问道。融化的冰淇淋弄脏了她粉红色的连衣裙。可是她毫不在意。

孩子啊，你走路时也摔倒吗？

小女孩脱下长袜，给他看膝盖上的伤疤。

这儿，上次摔了一跤。

我这个伤疤跟你的伤疤是一样的。

他把一辆红色自行车交给女孩。

这是叔叔给你的礼物，一个小时。小心不要摔倒。

自行车在阳光下闪烁。骑自行车的人都太爱笑了。他想起了下雨那天。自己为什么会疯了似的拍窗户？疑问在脑海里一闪而过。他用手指摁着左眼球。自己的胸口上，好像卡着巨大的冰块，冷冰冰的，他在瑟瑟发抖。他抬起头，看了看天空。随风而动的云，变成了女孩手里的冰淇淋模样。冰淇淋融化了，掉进他的嘴里。

喂，是你吗？

　　窗玻璃微微地颤动。她把手贴到玻璃上，止住了呼吸。颤动，自血管传递到心脏。爬升至十五楼的风，略显烦躁。不过，这点风力能使树枝轻轻地摇晃而不至于伤及树叶，能使云小心翼翼地飘动而不去遮住月亮。她坐在阳台上等待着什么。如果她的预感没有错，下边那小区的某一胡同，马上会冒出一股烟。她知道，在过去的整整一个月让小区陷入恐慌的那个纵火犯，不会轻易放过今天这样的日子。点燃公交车站垃圾箱的那一次，还有点燃废旧服装回收箱的那一次，也如今天这般刮着和煦的晚风。

　　她坐在阳台上，想起了某个春天。那一天，房东买了第一台电视机。地板上坐满了人。这房子比起左邻右舍稍大一点，妇女会的人每月都聚坐在地板上吃一次拌面。房东家的男人下了班就爱喝点小酒。如果喝得来劲，他就叫来三五个酒友，再喝上几杯。上中学的大儿子，愚人节那天把胶水抹到了老师的拖鞋上，被罚停课一周。这个恶作剧也是他们五个死党在这块地板上策划的。但从没像今天来这么多人。有人把里屋的拉门卸下来扩大了地板面积。房东家男人的弟弟爬上屋顶安装天线，他朝下边喊：哥，清楚吗？清楚！地板上的人异口同声答道。电视正在直播着萨拉热窝世界乒乓球锦标赛。韩国队先输了一场，目前扳回了两场。团体赛第四场开始了。第一局，21 比 10；第二局，21 比 23；大比分 1 比 1。李艾莉萨一个漂亮的发球，被滨田美穗敏捷地打回去。两位选手你来我往地僵持了一段时间。乒乓球在两位选手之间飞来飞去时，妈妈的脑袋里也出现了一枚 2.5 克的乒乓球，开始跳来跳去。折磨妈妈一辈子的偏头痛就始于这一天。李艾莉萨每得一分，便爆发出一阵掌声。妈妈总是无缘无故地流眼泪，但是她不想被人看到，都吞到了肚子里。结婚前，妈妈心里就装着一袋子眼泪。妈妈把眼泪都吞了下去，泪袋子快要涨破了。她感到闷得慌，用左脚踢了一下妈妈的肚子。接着，她就来到了这个街坊邻居聚在一起拍手鼓掌的地板上——来到了这个世界。在此之前，她在妈妈的肚子里待了八个月。她一哭，妈妈就止住了眼泪。妈妈的脑袋里，过去的记忆搅成一团；而她的脑袋里，仿佛喷洒了薄荷香一样清爽。在那清爽的脑袋里，安放着在妈妈肚子里的八个月记忆。

终于，从东边冒起了烟。她打开窗户，伸长了脖子向冒烟的地方看过去。烟细细的。纵火犯只放小火，从没有烧过房子、车子，他也许是一个好人。她看着烟这样自言自语。纵火犯从来不在风大时点火。看得出来，他是不希望火蔓延到其他地方。很快，烟不见了。风，或许对渐渐熄灭的火说：好好想想，你身上还有什么？接下来，没有燃尽的火，就会使出浑身解数把余下的都燃尽。当火熄灭了，纵火犯像无头的苍蝇一样在胡同里乱窜，然后回到家里。就像结束长途跋涉后倒头便睡的人。她这么想着躺了下来，可是怎么也睡不着。

他把自行车停在一幢只完成一半工程的建筑物前面。去年冬天下第一场雪的那天，工程停了。他跟交往了几个月的女孩子开过玩笑，说：等盖起来就送你一间最好的办公室，想做什么就做什么，干什么都行。当时，一切都是那么美好。他抬头望着建筑物。竣工后，它将成为这一带最漂亮的建筑。下第一场雪的那天晚上，金社长的电话一直无人接听。他二十二岁就和金社长建立了合作伙伴关系。他回不了家。金社长的办公室里只有一位从商业高中毕业不到一年的女职员。她红肿着眼睛坐在那儿，说自己什么都不知道，都是金社长吩咐的。过了一周那部电话才有人接。接电话的人只说了一句，那混蛋已经跑到国外去了。他的负债已经几倍于自己的死亡保险金数额啦。他蹬起自行车踏板。小腿像马拉松选手一样结实。路线是固定的。上高中时经常坐45路公交车，他就跑这条夜路。高中时，他一天的生活，就在这条公交车路线上。

每次骑上自行车，他的脑海里总是浮现出同一幅画面。那是体育课。听说刚来的体育老师是马拉松选手，曾获得过全运会的银牌。好，作为见面礼你们给我绕着操场跑十圈。第一圈，后背开始流汗，黏糊糊的，还不错。第三圈，眼前浮现起妈妈的脸。她只留下一个纸条就走了：你已经是高中生了，能照顾自己吧？我出去找你爸爸了。他加快了速度。风掠过他的脸，妈妈的眼睛、鼻子和嘴，在眼前模糊起来。他没有停下脚步，过了一会儿，发现身边已经没有人了。同学们在打排球。他停不下脚步。六岁时，他搬进铺着草坪的两层楼房。原来的房主是鞋店老板，爸爸在他的店里工作了十五年。夫人去世后，他变卖家产去了美国。爸爸得到了两层楼房，作为那老板给的退职金。把行李全部搬进来以后，爸爸在客厅中央挂上了全家福。这时，房子突然开始晃动。是地震。他把头埋进沙发。相框掉到地上，把木纹地板磕出了一个小口子。他跑得越来越快，年龄就越变越小了。搬到新家，爸爸有了一间书房。爸爸只要走进书房，就好几天不出来。爸爸唯一拿手的是，他只要看一眼客人的脚就能猜出脚的尺寸。脚我已经看烦了。爸爸说。妈妈一直认为自己身上最漂亮的是脚，她听见父亲的话，流下了眼泪。爸爸去了美国。鞋店老板来信说，他在美国开了一家鞋厂，需要一位信得过的厂长。铃响了，孩子们回到了教室。小子，体育课结束了！体育老师走过来说。他停下了跑步。之后每次上体育课他就跑步。

　　他骑自行车来到45路公交车终点站，把自行车停在公交车站旁，开始步行。通往居民区的路很陡，他感觉自己骑自行车上不去。陡坡最顶端的那幢高楼，俯瞰着这片居民区。他拐过钢琴学园，走进后面的街道，发现前面有一条连路灯都没有的胡同。电线杆下面有一个辛拉面的箱子。他划了一根火柴去点燃。可箱子是湿的，火很快就灭了。他没有打火机。他又继续走着。有点冷了。火柴只剩下一根。他发现大门前有一个废弃的花盆。花盆里的植物露出了根部。树好像病了，叶子都泛着白色。他点着了从邮箱里抽出来的信件。然后引燃了树枝。从燃烧的树枝上冒出了呛人的烟。烟飘进了眼睛，他流了几滴泪。

她看着墙上的广告画：一个略挺着肚子、心宽体胖的男人，带着酷肖其本人的儿子在挑选可丽饼。

要是我就不会做这么没有创意的广告画。

郑打着哈欠说。郑的口头禅是："要是我就……"她有时候会从这句话中得到安慰。那是一家日本游客乐于光顾的知名拌饭店，她给他们做过食品模型。她做过各种拌饭：砂锅拌饭、豆芽拌饭……在做这些模型的时候，她每天中午也吃拌饭。可是拌饭店店长退回了那批货。他说蕨菜看起来不像真的，鸡蛋黄颜色太深，豆芽看起来太僵硬。货被退回来的那天，郑晚上给她买了焖带鱼。我要是店长，就会把那些模型放在饭店里啦。以后咱们死也不吃拌饭了。郑一边细心地挑着带鱼刺，一边说。从那天开始，她还真没吃过拌饭。

广告部的P科长一小时后来了。"可丽饼世界"销售六种可丽饼，他们在全国有一百多家连锁店，目前还在持续扩大连锁加盟店。如果跟他们签下合同，需要制造600件可丽饼模型。郑对P科长详细解释，使用食品模型和不使用食品模型，表现在销售额上的差距。

想抽一根烟吗？

郑递了一根烟给正犹豫着抽还是不抽的P科长。P科长叼起烟，在西服裤兜找他的打火机。他感到有点奇怪，发了一会儿呆，接着就把烟拿在手里，左瞧瞧右瞧瞧。香烟是用合成树脂做的模型。

跟真的一模一样吧。可丽饼我们也能做得像真的一样。

郑的玩笑好像把 P 科长逗乐了，他露出开心的表情。P 科长掏出银制的烟盒，取出两根烟，然后把假烟放进空出来的地方。

她和郑打开办公室的门一起喊。

吃块比萨再忙吧！

我不想吃比萨，买别的吧。

在春卷上涂焦黄色的尹嘟囔着。尹自认为最拿手的是涂酥脆感的色泽，就好像刚在锅里炸过一样。所以，尹的外号叫生煎包。

鹌鹑蛋部件已经用完了。

朴在仓库喊道。朴只要一进仓库话就会多起来。

吃块比萨再忙吧。

郑跑进仓库揪住朴的衣领把人拽出来。仓库里，包括蛋黄模型、金针菇模型等在内，共有二百余种部件。朴把那二百余种部件的位置记得一清二楚。所以，朴的外号叫部件。郑叫到水母，朴就回答，C 间 50 号。

很好吃的比萨，这家可有名了！

她递给朴一块比萨。

你在哪儿买的，我下了班也买点儿。

朴煞有介事地说道。

我不是说了吗，我不想吃比萨。你让我怎么吃啊。

尹抱怨着把比萨扔到地上。

扔了多可惜啊，这可是硬奶酪比萨。

她指着面饼中间的奶酪说道。

有时，晚上会摆着食品模型举行餐会。这个游戏是郑开的头。公司开业后，整整一个月没有生意，四个人心里都有点着急。朴卖掉了乡下的地，尹抵押房子贷了款。郑在一家有四十多年历史的专业食品模型公司工作了近十年。她递交辞职信时，社长说过两年就提拔她为制作部室长。看到大家都神情忧郁地坐在一起，郑就给中餐厅打了电话。这里是东营大厦302号，请送炸酱面两碗，凉皮一份。中餐厅的送货员来了。在往凉皮放芥末时，她突然发现那是食物模型。中餐厅的送货员是在202号工作的男子。郑做了一盒模型香烟，当作辛苦费送给他。

少了辣酱，不好吃。

郑把比萨放进嘴里假装在嚼。她一说，大家都笑了。她抬头看着货架上的模型。其中，有一个猪头模型正对着她发笑。

　　楼梯又陡又窄，假如两个人并排而行，肩膀会碰到墙壁上。茶座内部很阴暗，连鱼缸里的鱼都趴在下面一动不动。W 已经等了一会儿，前面的烟灰缸里塞满了烟头。

　　喝茶吧。

　　W 抬手叫来服务员。

　　葛根茶两杯。

　　W 连问都没问就要了葛根茶。

　　咖啡对身体不好。

　　W 露出洁白的牙齿有气无力地笑了笑。W 把漂浮在葛根茶上的松仁挑出来扔进烟灰缸。他也跟着喝了一口葛根茶。很苦。他皱起眉头。

　　我是听人介绍的。我需要护照、签证。

　　他用蚊子一样的声音说道。

　　那种事，我已经洗手不干了。

　　W 的眼睛看着坐在前面的一对男女说道。他也跟着 W 的视线朝前面那一桌看过去。下巴上有一条缝过线的痕迹的男人，跟一个眼底有颗黑痣的女人在说着什么。女人穿着一件冒牌阿诺德 T 恤。

　　没有紫色的伞吧?

W 说。

不是有红、黄、蓝的吗？

他说。

需要很多钱。尤其是美国签证。不过，是谁让你来找我的？

是 Q。

W 点点头。Q 在给他 W 的联系方式时说，W 是这一行的大佬。

Q 最近过得怎么样？

过得挺好。

他耸耸肩说道。其实他跟 Q 不太熟。起初，一个经营跑腿中心的中学同学给他介绍了一个叫 A 的人；A 这个人又告诉他 H 的联系方式。接电话的是一个嗓音尖利的女人。我说多少遍了，不是这个电话。女人根本没给他说话的机会，就把电话挂了。又打电话给 A，可电话关机了。他只好又从头开始。他请中学同学吃了牛筋汤，喝了雪中梅[1]。中学同学给了他 Q 的联系方式。他给 Q 打电话。也许我就是 Q。听口气是在作弄他。Q 给了他 W 的联系方式。

1　乐天七星饮料株式会社生产的酒精饮料。

二百，五百万韩元吧。

他一下子没听明白 W 的意思。

护照二百万韩元，签证五百万韩元。

W 把身体前倾，话尾加重了语气。下巴上有伤疤的那个男人朝他瞟了一眼，像是听到了什么似的。W 反复说，这已经是相当优惠的价格。然后，他又叫服务员上了一杯葛根茶。服务员刚一转身，穿着冒牌阿诺德 T 恤的女人就大声哭了起来。茶座中充斥着女人的哭声。

嗨！最烦磨磨叽叽的人。

W 把手里的烟扔进烟灰缸里，从座位上站了起来。他试图握手，但 W 没有握他的手。W 走后，葛根茶上来了。他挑出松仁，扔进烟灰缸里。

走出茶座，发现路是湿的，可能下过雨。他背对着公交车站往前走。心里盘算可以出手的东西。车能值三百万韩元，账户里还有一百五十万韩元，再弄来二百五十万韩元就够了。太阳正从建筑物中间落下。附近好像有药材商，飘来一股熬韩药的味道。密密麻麻的建筑物，相依相偎。建筑物尽显疲态，好像在说累了。箱子堆在每个建筑物的角落。风穿透毛衣钻进他的身体里。他从兜里取出火柴，然后划开。手很暖和。

您想吃什么？

她看着妈妈，妈妈不知道该吃牛肠火锅还是海鲜汤。从右边看妈妈的脸和从左边看妈妈的脸，感觉像是两个人。偏头痛一发作，妈妈的一边脸就皱起来，随着岁月的流逝，那种表情就凝固了。左眼比右眼斜拉上去一点，左边额头上的皱纹，比右边额头上皱纹更多一点。如果心情不好，她就不站在妈妈的左边。只有当太阳明晃晃地升到天上——那太阳像用黄色的纸剪出来挂上去似的——她才会去看妈妈皱起的左脸。

吃牛肠火锅吧。

您不是说想吃海鲜火锅吗？

改主意了。

她连嚼都不嚼就囫囵吞下牛肠，食品模型做得多了，吃东西就越来越不爱嚼，直接吞下去了。感觉所有食物都是用合成树脂做的一样。一开始不这样。在学徒阶段，她做汉堡牛排的时候，晚上就去吃汉堡牛排。盈德蟹、河豚生鱼片、锅巴汤……她每天就做这些从没吃过的东西。睡着时，她在梦里狼吞虎咽地吃这些食物。渐渐地，食欲就增长了。

有一次夜宵吃猪蹄。她用生菜包猪蹄肉时说，怎么跟真的一模一样啊；等吃下生菜包饭后又说，怎么连味道都这么像啊。坐在她旁边的职员给她一杯烧酒。当然啦，因为那是真的。从此以后，她吃东西就不再嚼，而是直接吞了。

妈妈从包里取出一个橡胶锤子敲起脑袋。在餐馆里吃饭的客人，都惊讶地看着妈妈。十来年，妈妈的包里总是放着两样东西。一个是橡胶锤子，一个是人参味的口香糖。橡胶锤子是偏头痛发作时用的，人参味的口香糖是眩晕时用的。有一年冬天，爸爸买来了烤地瓜。烤地瓜是用一张过期的报纸包的。妈妈说，以前见过吃烤地瓜噎死的，不想吃了。她吃烤地瓜时，妈妈翻开报纸看上面的新闻。新闻写了一个男人用橡胶锤子治好偏头痛。至于如何用橡胶锤子治疗偏头痛，因报纸缺了一角，妈妈没有看到。不过根据男人用橡胶锤子敲脑袋的照片，妈妈推测，如法炮制地用锤子敲敲脑袋就行了。头痛敲一敲不就没了嘛。第二天，妈妈做了一个和照片里的一模一样的锤子。妈妈用锤子敲脑袋越来越勤了，爸爸不回家的日子也跟着越来越多。爸爸说他实在忍受不了那把锤子的当当声。她对爸爸说，理解理解吧。她一边听着妈妈用橡胶锤子敲脑袋的声音，一边跟着节奏背英语单词。

回家的路上，妈妈唱起了歌：后悔，没有说一声我爱你……妈妈在市里主办的"主妇歌谣比赛"上得过鼓励奖。

她在肚子里也跟着妈妈一起唱过这首歌。妈妈很幸福，她也跟着笑了。街坊的妇女会也组团来应援。

"鼓励奖"的奖品是什么来着？

哦，是那什么来着。我也不记得了。

妈妈轻快地爬过小坡路。她有点岔气。

清晨，敲门声让她睁开了眼睛。

现在才想起来，是煤油炉子。

妈妈的脸上印着枕头印。好啦，快睡吧。妈妈走进里屋，她一直看着妈妈的背影。妈妈把房门打开一半，问道，你怎么知道我参加过歌谣比赛的？她假装没听见。

她数了数停车场一共有几辆车。每当爸爸值夜班时，妈妈就会一整晚默默地数着壁纸上的花。一打开房门就是院子。妈妈有时也呆望着那个院子。妈妈把空空荡荡的院子当作画纸，用眼睛在上面画画。妈妈的眼睛转动时，她也在脑海里跟着画画。妈妈画的都是一些不知道叫什么的动物。那些动物全长着翅膀。搬进十五层楼房后，她脑海里栩栩如生地浮现出妈妈画的动物。她认为，她从阳台跳下去也不会死。妈妈在她身上藏了一对翅膀。忧郁时，她就想起藏在身体里的翅膀。下面的居民区好像有一股淡淡的烟冒出来，但很快消失得无影无踪，看不出究竟烧着了没有。

他背下了菜单上各种意大利面的名字。约好中午要来的 L 没有来。原来坐在旁边座位上的人都走了，坐在后面座位上的人也都走了。同学们说 L 跳槽了，新公司给他一亿韩元年薪。还听说他的未婚妻是一家颇具实力的中小企业主的小女儿。上学时 L 不那么显眼。学期快结束时，班主任老师盯着 L 问道，你叫什么名字？ L 发现班主任老师不知道自己叫什么。此后 L 就开始发奋读书。L 在 S 市最有名的学园补习功课，放学后晚上八点到十二点，重点复习国语、英语、数学。一年过去，L 排名全校第五，然后他去找那位记不住自己名字的老师说，以后不会忘记我的名字吧？

他给 L 打了电话。

抱歉。太忙了，我去不了。多年未见，你过得怎么样？结婚了吗？

L 一口气问得太多，他不知道该怎么回答，所以想了一会儿，我……正要开口时，电话那一头传来陌生男人的嗓音，好、好、好，我马上就去。L 的声音听起来很疲惫。

我过得挺好，没别的，就是想看看你。我还没结婚。

他也像 L 一样一口气说完。

跑步有什么好啊？L问道。L见他每次上体育课总是在跑步。他一直觉得世界上没有人会站在他这一边，回答得有点漫不经心。有时，L也跟着他在操场上跑几圈。爸爸走后妈妈就躲进书房里。邻居们说，书房里有鬼，鞋店老板的夫人也是在书房死的，过量服用神经安定药物，是自杀。妈妈走后他就在书房里睡觉，每到凌晨两点左右就醒过来。痛楚，像一把剃须刀划过心口。那些日子，他就坐在书桌前一直望着窗外直到天亮。有L陪他在操场跑步，他就不受失眠的折磨，能睡一夜好觉。

你知道吧？我喜欢过你。

说完他就想起L。我就是喜欢岔气的感觉——他突然想见L。L当年一边这么说，一边露出纯真的笑容。

臭小子！需要多少，说吧。

他把电话挂了。点了意大利海鲜面和沙拉，吃得一干二净。在他们居民区的孩子当中，他的鞋最多。他想穿什么，他爸爸工作的那家鞋店的老板就送给他穿。生日那天鞋店老板送了他一张粉红色的卡，上面写着"终生免费鞋类交换券"。老板是一个和蔼的人。爸爸很晚不回家，妈妈让他去鞋店看看。在打烊的鞋店里，爸爸和老板一起喝着酒。火炉上总是放着滚烫的辣白菜汤或部队火锅。爸爸喝醉了，他说，你叫我怎么办？年幼的他，也学着爸爸的口气说，你叫我怎么办？这时，爸爸就给他喝一口米酒。爸爸从美国寄来礼物，打铃鼓的猴子、屁股上的颜色随着温度变化的人偶、倒过来就变成各种动物的玩具。他上了中学就给爸爸写信：我已经是中学生了，给我别的礼物吧。之后，他就再也没有收到礼物。

他沿着 45 号公交车路线往返三次。公交车站上的告示称，45 号公交车要更改线路。更改后的线路将不再经过他以前念书的那所高中和他经常去散心的中央公园。他在胡同里开始跑了起来。他烧过那幢房子门前的报纸，现在墙上还能看到被熏黑的痕迹；废旧服装回收箱换成了新的。他看着那些整齐排列的车子。要不我烧了这些车？他心里有股强烈的冲动。他咽下口水，一张一张地抽出车上的小广告单子。他转了一圈居民区，收集到一沓纸。他点着了火。穿着比基尼、神情妖艳的女人身体开始燃烧。他感觉只有这个女人可以安慰自己。他蹲在药店门口拨通了电话。

谁啊，这么晚？

听嗓音 L 好像还没睡醒。他说我需要三百万韩元，就把电话挂了。

"可丽饼世界"的 P 科长打来电话。郑接了电话，打出 OK 的手势。听说他们有 120 家连锁店。朴兴奋之余，往拌饭里放了熟鸡蛋。她坐在桌边认认真真地看着火柴盒里的火柴棍。

你不高兴吗？

郑走过来说。她问：什么？

"可丽饼世界"来电话了。

正给炸猪排上色的尹大声说。

啊！那事儿，真高兴啊。

她平静地说道。接着就埋头挑选火柴棍。火柴棍模型很容易做，跟制作豆芽差不多。从火柴盒里挑出 15 根火柴棍做模具。往模具里浇合成树脂、烘烤、给模型上色，整个步骤相对来说比较简单。她制作了两百多根火柴棍，放进火柴盒里看起来如假包换。

做这个干吗？

郑没好气地说。

她从仓库里拿来生啤酒杯。不知道是谁做的，做得真好。她看着杯子里的假啤酒，心里想。看着都让人感觉清凉。

来，把它喝了，消消气。

她干了一杯。

我没生气。不过，应该高兴的时候，你为什么显得不高兴呢?

我也很高兴。可是高兴的时候,难道一定要笑出来吗?

郑把头往后一仰,装出喝啤酒的样子。她很感激郑。郑是一个愉快的人。有时郑清晨醒来,很快也会睡过去。每当十五的月亮升起,她就有一种冲动:从十五楼跳下去。为了遏制冲动,她就回忆起李艾莉萨得分时坐在地板上鼓掌拍手的那些街坊邻居的面孔。如果把这事儿讲给郑听,郑一定会说,你还记得那些人的面孔吗?

发生几起火灾后,邻居们扔垃圾时都提高了警惕。商店不再把箱子堆在路边,居民们也只把那些耐火的垃圾放到外边。她专挑那些偏僻的、没有几盏路灯的胡同行走。路面很干净。看不到可燃的垃圾。她从别人家的信箱里拿出信件。大部分是通知单和请帖。也有信,有些是从部队寄来的。她把那些信重新放进信箱里,只留下电话费通知单或信用卡申请书一类的信件。今天,纵火犯肯定会出现,她跟她妈妈一样,预感向来很准确。妈妈说你爸爸要回来了,几分钟后爸爸就会按响门铃,屡试不爽。她在妈妈肚子里待了三个月又几天的时候,妈妈预感到了外婆的离世。当时,妈妈听说街坊喝了后山的泉水,生了儿子。她也要去喝,于是就跟爸爸去那个泉水池。一碗水没喝完,妈妈就坐在地上哭了起来。妈妈因为在泉水池边哭得太厉害，在外婆的葬礼上就没有掉眼泪。她在肚子里，替妈妈哭了。

她在胡同里放下刚才收集的通知单，然后就坐在十字路口的药店门口，等待天亮。她坐在那里，可以看到从公交车站走过来的人。一辆出租车驶过，从车上走下一个男人，他盯着她看了一会儿，接着就朝韩药房的那个胡同走过去。一个戴帽子的人从马路对面的便利店走出来。她摇摇头，不是他。风轻轻吹来。发烧得厉害吗？风儿一边这么说着，一边轻抚着她的额头。传来了一阵沉重的脚步声。她想，这个人的皮鞋跟，比一般人磨得更快。长长的身影来到她的跟前。背着路灯，她看不清他的脸。她用颤抖的声音说：

喂，是你吗？

第一次见到 W 的那家茶座正进行内部装修。他打不通 W 的电话，只好站在茶座的入口等待 W。过了一会儿，电话响了。换一个地方吧，W 在电话里急匆匆地说道。在下一个地点，W 没有出现。他把电话打给介绍 W 的 Q。一个还没过变声期的少年接了电话。

号码没错，但不是 Q 的电话。

少年回答起来像自动答录机。估计少年已经接过很多找 Q 的电话。他给经营跑腿中心的中学同学打了电话。

Q？ Q 是谁啊？哦！其实我也不认识他，也是别人介绍给我的。

中学同学说，他对 Q，以及 W 都一无所知。第二天，报纸上说抓到一个伪造护照的团伙，W 的头像也登了，但是太小，看不出究竟是不是 W。在 W 的照片上方有一张大它好几倍的照片。照片上是一个被称为神手的人。报纸上写道，神手做出来的护照，除了专家，谁都看不出来是假的。

中学同学最初介绍给他的是 A。他打电话给 A。他对 A 说，我打了你告诉我的那个电话，可接电话的是另一个人。

是女人接的吧？那是 H 的老婆，脾气很坏。H 因为喝酒、刷卡、赌博，被人扣下了手机。你再打一次试试。

A 很亲切地跟他说。他给 H 打了电话。H 接电话时充满戒备。

照目前情况，你只能再等一段时间了，一个星期后再来电话吧。

他看到每条胡同的拐角都放着几张纸，大部分是电话费通知单。他看了看通知单。有的家庭一个月电话费高达十几万韩元。可能有个上中学的女儿，大概每晚都煲电话粥。晚饭吃了什么？老师怎么布置这么多作业啊？有的家庭，国际话费支出比国内话费支出还要高。家里孩子留学了？数字底下藏着许多故事。刷卡七十六万韩元，都在同一地点刷的卡。这个男人可能惴惴不安了好几天，担心自己的老婆先拿到信用卡催款单。他看了看信封上的地址。要不要放回到原来的信箱？顽皮的念头在他脑海里一闪而过。

他没有留下童年的照片。睡不着的晚上，他就在院子里烧一两张照片。照片燃烧起来，上面的影像便在黑暗中复活。无眠之夜越来越多，相册里的照片就越来越薄了。风一吹，灰烬消失得无影无踪。照片中的他，飞往他不曾去过的地方。相册里没照片了，他就开始烧电影海报。电影海报上的故事，用一张纸是写不完的。这些故事都变成了灰烬，飞散到很远的地方。他把纸张堆在一起点燃。电话费通知单燃烧时，恍惚间好像有一个无法解读的声音在他耳边低语。藏于数字中的故事，挣脱纸张飞向了天空。风悄悄地吹来，帮助那些故事飞上天空。天空立刻喧闹起来。他像寻宝一样在胡同里寻找着被扔掉的资费通知单。在下一段胡同拐角，他看到几张请帖和交通罚单。他拿着请帖，看着上面的地址，在胡同里转悠。先不管别的，那些需要得到祝福的人，应该得到祝福。他把请帖放回到信箱里，好像自己成了邮递员似的。

　　我头一回坐自行车。

　　她说。

　　我第一次在后座上载人。

　　他说。一辆卡车几乎贴着他们飞驰而过。他绷紧手腕，用力握住车把，不让它晃动。

　　跟上那辆卡车吧。

　　她说。

　　抓紧啦。

　　他用力踩着脚踏板。

　　他在驶过客车站时说：

　　这个客车站叫南部市场，不过这里没有什么市场，好笑吧……看到那个服装店了吗？我以前住的地方也有这样一家服装店。两家服装店相似极了，我都分不清，有时候还下错公交车站。哈哈……我在这个公园第一次喝酒。还在这里睡过觉……看到那边红色的两层楼房吗？前面大楼挡住了，从这里看不清楚，需要离得再近一点。这就是我以前住过的房子。

　　他在一幢两层楼房前停下自行车。

　　我妈妈的心愿是住这种两层楼房。有一次爸爸妈妈走在路上，妈妈看到铺着草坪的两层楼房，就跟爸爸生了气。啊！妈妈当时看到的就是这种楼。草坪绿油油的，不知道有多漂亮，我的眼睛都快染上绿色了。

她愣愣地望着杂草丛生的院子说。

她给了他一盒很大的火柴盒。

用这个把房子烧了吧。

这房子已经不属于我，让银行拿走了。

你能忘掉房子里的东西吗？

他划了一下火柴。但是没有火星。

怎么样，跟真的一样吧？送你的礼物。

哦！谢谢，哈哈，我很喜欢。

他把火柴模型放进怀里。她伸手从他头上摘下一片没有烧完的小纸屑。

她又坐到自行车的后座。他对她说，我马上要去美国了。47 路公交车正停在站台。

跟上那辆公交车怎么样？

他说。她紧紧抱住他的腰，开始说起了她在妈妈肚子里的那八个月的孤独。她偷偷地把耳朵贴到他的背上。我相信你说的。从他的身体里传出这样的声音。

她每晚十点睡觉。下班回家，总要花很长时间洗澡，每个月仅水费就有五万多韩元，为了省下生活费，她报停了手机。每个星期给老家的妈妈打一次电话；每个月末，通过网上银行汇五十万韩元给准备高试的弟弟。自从被医生诊断出神经性胃炎，她每顿饭都要嚼一百次，饭后三十分钟服药。她在图书馆工作了八年，可她本人不爱看书。喂，复印卡哪里有卖的？喂，能借一下笔吗？喂……在图书馆，叫她"喂"的人，比叫她名字的人多。所以，即便不在图书馆，一听有人喊"喂"，她就本能地掉过头去。对她来说，"喂"比自己的名字还要熟悉。住隔壁的男人搬家时送了她一辆自行车，此后她就骑着自行车上下班。路上要花四十来分钟。五点半下班，吃完晚饭，看完"日日电视剧"转眼就到十点了。她茫然地望了一会儿墙上的霉斑，不知不觉就睡着了。然后第二天早晨五点，她雷打不动地按时起床。

闹钟设在五点，可她总是在音乐响起之前十分钟就睁开眼睛。好像是落枕了，脖子往左转不过去。她做饭时想，要不要尝一尝最近做广告的"增味米"。老家的道知事亲自上电视做的广告。她一边嚼着米饭一边数数，然而很快就感到不耐烦了，于是就在心里唱起歌，一首童谣一勺饭。

自行车是深绿色的。从前住她家对面的男人，常让儿子坐在自行车后座上，到公园骑一圈。他儿子的左腿有点弯曲，骑不了自行车。自行车上印着很大的电话号码，怎么擦也擦不掉。数字"5"很像他儿子弯曲的腿。在上坡路的尽头可以看到写着"和风美容院"几个字的牌匾。房子很破旧，如果房顶积了点雪，真担心它会塌下来。"和"字已经脱落，大老远看着就像"风美容院"。她一看到"风"字就打了一个寒颤。好像有人往她后背吹着寒风。她把自行车停在三岔口的香气面包房门前，买了一袋奶酪面包，又骑上自行车。下坡时，她有闭眼的冲动。眼前的风景穿透了她的身体。至少在自行车冲下坡路时，她觉得自己可以原谅全世界。于是她便觉得自己是一个极为善良的人。早上好！她面带略显虚假的微笑，向走过斑马线的人抬起手打招呼。驶下下坡路转入右侧的马路，看到一所高中。有一次，她看到一个穿着校服的女孩子，在长长的学校围墙上摇摇晃晃地行走。好好的路你不走，为什么偏偏在围墙上面走？她停下自行车问那女孩子。因为没劲啊。女孩子说。她一边用手抚摸着快要脱线的衬衫扣子，一边学着那个女孩子说：没劲啊。"没劲啊"，这句话一说出来，她就忘掉了因生意不好而老是唉声叹气的妈妈；忘掉了甩下一句你好烦就转身离开的W的背影。她一边绕着围墙，一边大声喊：没劲啊。往道上洒水的文具店老板睁大眼睛看着她。远远的，看见图书馆了。在正门站岗的门卫向她行了军礼。

　　她正看着右手打着石膏的男人。男人身边堆着十来本书。他手上打着石膏，那十本书是怎么搬过来的？她看着男人不禁疑惑。他看书的方法有点特别，一本书不到五分钟就看完了。男人把书打开，迅速地翻起书页，翻到想找的那一页就停下来开始读。她的目光越过他的肩头，望着山坡上那片有点倾斜的居民区。有四个朱红色房顶，两个草绿色房顶，五个灰色房顶。男人看的书，书名都是"ㄱ"[1]字开头的。男人挪了下身体，她又看到一个之前被遮挡的朱红色房顶。她以前想，那边的房顶，只要有一家

1　韩文第一个字母，可用作初音和终音。

换了颜色，就离开图书馆。

为什么看着我？

也不知道是什么时候，打石膏的男人已经走到她面前。从近处看，男人脸上还有点稚气。二十三左右吧。额头上有 V 字形的伤疤。

我在看窗外。自从我在这里工作，那边居民区没有一家房顶换过颜色。

她看着他额头上的伤疤说道。打着石膏的男人没有回到自己的座位。一个女学生抱着书站在男人后面。

其实，想请你帮个忙。

男人的口气跟之前完全不一样了。站在男人后面的女学生终于明白他不是在排队，便绕过他来到她面前把书放下。男人把打着石膏的手伸给她看。

这个人借过的书能不能查到？

石膏上写着很多名字。男人用手指了指徐敏静的名字。

不是本人不能透露。

名字是朱红色笔写的。指着名字的那根手指，好像变成了朱红色。

喂……电脑有点问题。

坐在电脑搜索台前的学生朝她喊道。

草绿色房顶上有一个戴着黑色帽子的工人。弟弟来电话要她帮最后一次：如果再落榜，姐姐叫我干什么我就干什么。弟弟哽咽着说。妈妈卖掉房子开了一家店，可是客人不多。妈妈做的冻明太鱼太咸了。好吃吗？每次被问到，她就点头。你觉得好吃，可是为什么没客人？妈妈唉声叹气地说。所以她至今都不能从图书馆辞职。工人在草绿色房顶上刷漆。草绿色上刷的还是草绿色。她记得徐敏静这个名字。那是每星期借五本书，还获得过"年度读书王"奖的人。该奖项颁给年度借阅书籍最多的会员，奖品是刻着图书馆名字的手表。她走到男人的跟前。他还在读"ㄱ"字开头的书。

你要找什么？说出来我可能帮得上。

她看着男人手里的书说道。阅览室的时钟指向五点。下班时间到了。

我女朋友给了我一封信，她说让我看 198 页。

男人从包里拿出一张皱巴巴的纸条，递到她面前说。纸条上有这样一行字："看 ××× 书的第 198 页，我想对你说的话就在上面。""书"字前面好像还有几个字，但是浸了水，字迹十分模糊。她抬头看了看刷漆的工人。房顶的绿色越来越鲜艳了。实际上，她觉得朱红色比草绿色更配那幢房子。

那你再问问你的女朋友？

响起刺耳的拖拽椅子的声音。人们三三两两地离开了阅览室。男人环顾四周，皱起眉头。

问不了，已经去世了。

额头上的 V 字形伤疤，两边略有些弯曲，像一只海鸥。男人每次皱起眉头，海鸥便扑扇着翅膀飞向天空。好像从哪儿飘来一股水腥味儿。

外边下着细雨。什么呀？她在关上资料室的门时自言自语。她身边打工的学生问：什么？她只歪着头想了想便走下了楼梯。站在图书馆大厅时，有个身影和她擦肩而过。她失去平衡，晃了一下后才站住。"请在图书馆保持安静"，墙上的文字映入她的眼帘后消失了。在大厅里，连一点轻微的脚步声都听起来很响亮。突然一阵无法忍受的噪声闯进她的耳朵。打着石膏的男人站在售货机前。

你在找我吧？

男人从售货机里取出两瓶罐装咖啡说道。她喝了一口咖啡。

我帮你吧。

她的声音在图书馆里嗡嗡地响。

明天图书馆休息，今晚我帮你一起找。馆里没人更方便一点。

她从里面关了阅览室的门，然后就把徐敏静借阅过的书籍目录打印了出来。

那么，你明天请我吃早饭吧，海鸥君！

男人睁大眼睛盯着她。

海鸥？

她指着男人额头上 V 字形的伤疤说。

你的外号。那个很像海鸥。

她每次抱过来十本书放到海鸥面前，等海鸥读完了再放回去。有些句子，海鸥还要抄写到本子上。太阳开始落山了。

W 分手时说她很烦。他专门收集日出和日落的照片。他曾说，如果仔细看，就能看出日出和日落的不同。你瞧！这儿，湖面上泛着红光。日落时的光，更柔和一些。她无论怎么看都看不出哪一张是日落时拍的，哪一张是日出时拍的。太阳半挂在白天刷了漆的那个房顶上。她觉得，日落比日出更聒噪一些。半挂在房顶的太阳，像是要急着把白天的事情说给人们听似的。说吧！我来听听。她朝着太阳调皮地眨了眨眼睛。

喂，她在这行字上画了线。"他喝了两杯红茶，我喝了一杯咖啡。"

海鸥给她念了书上的一行字。

我们第一次见面的时候，我喝了两杯红茶，她喝了一杯咖啡。那是我俩的暗号。如果她要跟我斗气，她就不要咖啡；如果我要对她不满，我就不要红茶。

也许是因为背对着太阳，海鸥的脸上挂着浓浓的阴影。

你看，这里还有这样的句子。"一整夜，在积雪的重压下树枝终于断了。然后，春天到了。额头上的伤疤开始发痒。只要闭上眼睛，春天的阳光好像就会通过那道伤疤穿透进来。"她可能想给我读这段文章吧。她心情不好时，摸摸我的伤疤就能得到安慰。

海鸥闭着眼睛坐了一会儿。他那表情，哪怕架子上的书全部摔落到地上也不会吃惊似的。

过了十点，她斜靠在椅子上睡着了。海鸥见到心仪的句子就抄在本子上，然后捧起来大声读几遍。她好几次被吵醒。有一次，海鸥把她摇醒，递过来薄薄一本书，不足200页。书只有196页。这是怎么回事？她说。海鸥翻过一页，虽然没有印着198，但下一页也可以算是198页。发行人：徐敏静。上面那么写着。她那张睡意未消的脸上露出微笑。哈哈哈！也不知道有什么事情让他那么自豪，男人双手叉着腰大笑。到了清早，海鸥的本子上，已经没有地方可以继续写下去了。她五点醒过来。男人把书垒起来，当枕头睡着了。

饭还是得吃吧！

她叫醒海鸥。海鸥手指上的戒指顶住了 V 字形伤疤，伤疤的边缘印出了一个小圆圈。她指着海鸥的额头说：

日出时在海上飞翔的海鸥君！想吃什么？

他们要了醒酒汤。满座都是一大早来吃醒酒汤的客人，几乎没有空座。这家主人三十多年来在公园门前专做醒酒汤。他们端上来的牛血醒酒汤没有把牛血盛在汤里，而是放在另一个碟子上。

因为有这位女士在，我把牛血搁在碟子里了，需要的话，自己放汤里就行啦。

主人很亲切地说。海鸥把牛血放汤里，她没放。泡菜萝卜块儿太大，她吃的时候咬下一半，海鸥把整块放进嘴里嘎巴嘎巴嚼起来。

海鸥坐在公园长凳上吸烟。她好奇地看着一个脖子上挂着拍立得闲逛的男人。我可从没拍过拍立得……她一边用手扇走飘向自己的烟，一边嘀咕着。有个人在地上铺了一张席子，开始一件一件地摆起小东西。摄影师好奇地朝席子那边走过去。

肇事车把她撞倒在地上。我在旁边看到了……可是怎么也想不起车牌号。

海鸥吐出长长的一口烟说。一个不合时宜地穿着冬装的老爷爷站在斑马线那边。信号灯交替了几次，老爷爷都没有过斑马线。海鸥的头放到她的肩膀上，不知不觉睡着了。她把海鸥的头移到长凳的靠背上。自行车的车座整晚淋雨，湿漉漉的。她骑车经过高中的围墙，费力地爬上坡路，回到家里。

　　会议又长又无聊。新来的馆长说要改革图书馆，让市民更容易参与阅读。馆长是一位很久前通过文艺杂志出道的诗人。他因图书馆变成单纯补习功课的地方，而不是读书空间而感到难过。职员们为了使图书馆成为更亲民的空间而纷纷提交了各自的建议书。馆长一份一份读着建议书。有人提议，每月请一位作家来做讲演。不过，本市最大的东亚书店已经开始做了。

　　不如，干脆请作家来办一个创意写作工作室怎么样？

　　定期刊物室的 H 说。

　　百货店的文化中心已经在做这个了。

　　S 回答道。前几天还听说 S 和 H 正在交往。S 的金属嗓音很重，听两句就头痛。馆长又看着另一份。

　　还有人建议，在每张桌子上刻一个作家的名字。你把这儿当成剧院啦？

　　职员们哈哈哈地笑成一片，好像约好了似的，音调都是一致的。还有人建议，在图书馆铺上火炕，让年纪大的人可以躺着看书。馆长摘下眼镜，用手指掐住鼻梁。这个建议是她提出的。每条走廊都放上软绵绵的沙发，可以斜躺着看书；在房顶上放一排沙滩椅，读书的时候让人有一种在海边的感觉。她还写道，让人在火炕上趴着或躺着看书非常惬意。

想法不错啊。

馆长把她的建议书对折起来，放进自己的笔记本。

恭喜啊，馆长看上你了！

H走出会议室，把手放到她的肩上说。

没劲！

她拨开H的手说。

她正在用订书器固定脱落的书皮，突然停下手，然后愣愣地盯着书皮。书皮上画了一个男人，他在云彩上钉钉子。云彩随着观看角度的变化会呈现出不同形状。正面看像杯子，从右边看像攥紧的拳头。老师啊。那个打工的学生小心翼翼地叫她。打工的学生给她看文件夹，上面记录的是借书未还的人。

打了几次电话他们都不接。

打工的学生用手指着画红线的人名。这人一定是借出图书后搬了家或者故意写错了电话号码。这样的话就很难把书要回来。她攥紧拳头，凸起的指节显得很有力，好像谁要惹到她就能把对方一拳打飞。她把拳头在空中挥了挥。把书倒过来看，云彩看起来像一个人的侧脸。男人拿着钉子的那只左手，正对着人的头部。看起来，像对着人的头部挥动着锤子。她快速地翻动书页，似乎想把那个形象从脑海中抹掉。"都过去啦。"198页是从这一句开始的。尽管很好奇究竟是什么"都过去啦"，但她没有翻回前一页，而是开始想象"都过去啦"接下来的文章。

那位戴着褐色板材眼镜的老爷爷每星期都要来三四回图书馆。她看着老爷爷就想到了这样一个句子：我今年七十了，什么坎儿都过去了。看着他旁边浓眉毛的中年大婶儿，又想起这样的句子：在等待的日子里，我的青春都已逝去，我想见她的时候，就从她家门前走过。坐在角落里读魔幻小说的高中生，也应该有相配的句子。她开始慢慢地读着阅读者的表情。有人一边看书一边咬着指甲盖儿；有人每翻过一页，脸上都带着浅浅的笑容；还有人已经睡了一个多小时；也有人在书架前走来走去。她久久地望着他们，直到墙上的钟指向五点。

今天一天又这么过去啦。

她望着人们离开阅览室的背影说。她的话让打工的学生噗嗤地笑出声。然后这样调侃：

明天一天又这么过去啦。

后天一天又这么过去啦。

她把收书台上的书插到书架上时说。书架那一头的打工学生大声说：

这辈子就这么过去啦。

她放下书笑出来。打工的学生也跟着笑了。她笑着笑着，感到自己轻快的笑声很陌生，突然踌躇起来。我的笑声是这样的吗？这念头一闪而过，接着就叉着腰更大声地笑出来。

她上班第一件事就是打开电脑，先确认一下图书检索是否正常，然后走到窗边打开窗帘，一一确认房顶的颜色，伸个懒腰开始一天的工作。不过，现在她一上班就先跑到书架边。阳光透过窗帘淡淡地照着书籍。她在其间穿梭，找一本书，翻到 198 页就读起来，见到心仪的句子并不是抄写到本子上，而是反复多读几遍，记在心里。看到以"枪"字结束的句子时，她的眼睛自然移动到下一页，但是她却把眼睛狠狠地闭上。然后，一直到下班，她以"枪"字开头造出了数百个句子。

读到"捣碎熟土豆"这个句子时，她反反复复默念着"捣碎"这个单词。弟弟每次喝醉伸出手说，姐，我想把这只手捣碎了。他哭着说，每次考试那天他就有一种冲动，想把手伸进驶来的汽车轮胎下面。当时只觉得他那是耍酒疯，可现在一想，弟弟的话让她心痛。"女人每天足足喝五升水，我每天吃五顿饭。我们开始交往了。"有人在这个句子下面用蓝色笔画了线。第二天，她买了十瓶500毫升的矿泉水上班。午饭前喝了两升，跑了五趟洗手间。肚子太饱，没吃午饭。午饭后，又喝了三升水。感觉全身被净化了。

你见过一天吃五顿饭的人吗?

她在洗手间入口问 S。

我身边可没有那样的猪啊。

S 感冒了。嗓子比平时的金属嗓音听起来更舒服一些。她想，干脆让她一直感冒算了。

认识的人当中，有没有一天吃五顿饭的?

她索性又问了定期刊物室的 H。跟文学资料室不一样，定期刊物室里座无虚席。H 的眼睛一直死死地盯着看时装杂志的女学生，小声说:

等等看，那帮孩子肯定会撕下书页。对了，我有一个朋友一天吃六顿饭，可胖了!

H 想错了，女学生们把杂志放回了原处。

介绍给我认识吧!

H皱起眉头。

你没病吧?

"那是我爸爸亲手盖的房子,在地板上走路时,会响起嘎吱嘎吱的声音。我常常在那幢房子里睡懒觉,吃早饭。我天天像念咒似的喃喃自语,塌了吧,快塌了吧。可房子最终还是没有塌下来。"她读到这篇文章的那天,图书馆告示栏上贴出了一张公告,内容是:"建设国内第一家宾至如归的图书馆。"你说在图书馆里弄一个小屋子,不觉得搞笑吗? 也许还不错吧。看着公告的一对男女你一句我一句地说着。她刚上小学那年,爸爸和隔壁房主出现了小摩擦。爸爸说,隔壁家的围墙稍微侵占了一点我家的地方。隔壁家推倒旧房子,建了新房子,建围墙时向外扩张了30公分。瞅瞅! 以前,从这儿到围墙一共五步,现在不到四步啦。爸爸从院子里的厕所开始,大踏步地走到围墙。隔壁家的人说,那堵墙当初建的时候就有问题,这次他们要改回来。爸爸举起锤子砸墙。一锤子下去,房子哐哐作响。她一边听着响声,一边读着国语课本。爸爸在原址上建起了一堵新围墙。一个月过去,隔壁家把那堵墙推倒,在他们原先所主张的那条界线上又建了一堵新墙。每个月一次,那堵墙推倒又建起。她听着砸锤子的声音读完了一年级,而弟弟看卡通片时总是把音量调到最大。最后，隔壁家的人叫来测量员，证明了爸爸是错的。此后，爸爸每做一件事，都以失败收场。但她觉得那是最幸福的时光。爸爸拿锤子砸墙的时候，妈妈煮着刀削面，然后四口人围坐在方形饭桌上吃面。爸爸额头上的豆大汗珠，掉进刀削面的碗里。在她的记忆中，刀削面非常好吃，不咸不淡的。她把食指放到"快塌了吧"那个句子上。就像爸爸额头上的汗珠一样，有什么东西从她的脸上啪地掉落下来了。

这一本书名有点特别："蚊帐"。不过吸引她目光的不是书名，而是因为那本书被倒插着。偶尔，有些人会把自己想读的书倒插进书架，特别是那些不能借出去的书。一到考试期间，就会有学生把自己需要的书插到其他类别的书籍里头，或者倒插进书架。他们主要是为了让别人找不到这本书。她把书正过来放的时候，习惯性地翻开198页。198页里夹着一张纸条。"我想有一天你会读到这本书。你不会也像我一样，特意只读198页吧？你去找公园卖小杂物的那个人。有礼物。海鸥。"读完纸条，她突然想看海鸥额头上的伤疤了。海鸥的这个鬼点子，感觉像是从那个伤疤里冒出来的，于是她就想摸一摸那个伤疤。

不合时宜地穿着一身冬装的老爷爷仍站在斑马线旁。

手里提着冒牌普拉达提包的女人走到老爷爷身边，突然捂起鼻子。电话响起。来电话了。老爷爷拍了拍女人的肩膀。然后露出黄牙笑起来。您好！女人一边接电话，一边弹了弹老爷爷碰过的肩膀。信号灯亮了，她和女人并排而行。跟那位老爷爷一样，携带拍立得的摄影师也仍旧在公园里徘徊。那位胡子拉碴的男人，在兜售席子上放着的一堆小杂物。男人坐在钓鱼椅上，削着巴掌大的木头，好像在做什么东西。

看看吧！

男人看到她，很生硬地说道，然后埋头继续做削木头的活儿。她发现了自己小时候在文具店见过的廉价塑料人偶。有的人偶缺胳膊，有的人偶少了腿。还有弯折的汽车牌照、不知是哪国的硬币、坏掉的电话机、印着 K.L.S. 的戒指。她开始翻起那些五花八门的小杂物。

这是干什么的？

她指着脱线的羽毛球拍说。

除了打不了羽毛球什么都能做。

男人额头上深深的皱纹间流着汗珠。男人因为皱纹而显得很疲惫。她想，要是挣了钱要先给这个男人做一次除皱手术。在小杂物中间，她看到一张拍立得照片。拍的是打着石膏的一条胳膊，细看能看到石膏上的字：姐姐，谢谢你。是海鸥的胳膊。

带着拍立得的摄影师，正坐在店里吃着乌冬面。

最近啊，一天拍不了一张。

摄影师跟店里一个双眼皮很深的女人讲。店里有一股很浓的鳗鱼汤味儿。她一闻到鳗鱼汤味儿，就有了饥饿感。

给我一碗乌冬面。

她坐在摄影师的对面吃起了乌冬面。

我是不是该换个地方拍照了？

一听摄影师这么说，店里的女人睁圆了眼睛。

大叔，给我拍一张吧。

说完她就大口大口喝着乌冬面汤。面条有股面粉味儿，不过汤倒是很鲜美。

摄影师一听说她只想拍一只手，就疑惑起来。

老天，上次有个家伙也说只拍一条打石膏的胳膊。

她在手心上写了字。"海鸥，我也谢谢你。可你现在在哪里？"因为字写得太大，"在哪里"这几个字写到了手指头上。因为手心发痒，她一边写一边笑。看到照片她才发现忘了写问号。于是，她在小手指头上画上问号，又照了一张。看着慢慢显影的照片，她不能相信这就是自己的手。那上面是一只陌生的手。而且还是一只不晓得世间苦难的胖嘟嘟的小手。她把拍立得照片放进塑料袋子里，去找卖小杂物的那个男人。

请帮我保管一下这个。

她把照片递给男人。

小姐，你以为我是邮递员啊。好好好，就扔这儿吧。

穿过公园路，她无意间回头看了一眼。卖小东西的那个男人，看着她给的那张照片笑着。风掀动着席子。

居民区的店里没有卖增味米的。她常去的那家诚信超市的老板说，从没听说过那种米。她去了一家分店遍布全国的廉价连锁超市。廉价连锁超市有很多东西是买一赠一的。因为超市赠送干电池，她买了手电筒；因为赠送锅烙，她买了水饺。看到那边围着很多人，她也凑过去看，两盒润喉片正以一盒的价格出售。她听说买一台拍立得赠送两盒相片纸，就犹豫了好半天。拍立得的价格相当于她一个月的水费。因为买了太多，回家时就乘了出租车。作为购买拍立得的纪念，她拍了司机那张映在倒车镜上的脸。下车时，把那张照片送给司机做礼物。

她用新米煮饭，用有机蔬菜做沙拉，再用含 DHA 的鸡蛋做了鸡蛋卷。新闻上正播放休息日高速公路的路况信息。戴着墨镜的司机讲他开到江陵花了十个小时。她不知道在堵塞的高速公路上度过一整天是什么样的心情。她正想揣摩一下那种心情时，看到了海鸥。在堵塞的公路中间，一个年轻人在卖鱿鱼。尽管戴着口罩，看不清他的脸，但她仍能确信那个年轻人就是海鸥。毕竟，胳膊上打着石膏卖鱿鱼的人不会很多。如果看到那个肇事的家伙，应该能一眼认出来……她把鸡蛋卷夹到米饭上，想起海鸥说过的话。海鸥一边卖着鱿鱼，一边细心留意着司机的脸。她回头去看冰箱门，上面贴着海鸥送给她的照片。每次开关冰箱门时，海鸥都对她说，谢谢你，姐姐。

馆长撤掉一个阅览室，开辟出一个新的空间。地上铺着地毯，四周放上软绵绵的皮沙发；为了让人们能在地上坐着或躺着看书，铺了很大一张垫子。阳台上放置着椰树和沙滩椅；还在院子里准备了椅子，供人坐在树下读书。市民的反响很好。不过，复习功课的学生们需要提前来图书馆占位置。一大早，队伍就一直排到图书馆正门外边。她把润喉片送给S。不过S吃了润喉片，嗓子也没变得柔和。S的手里拿着润喉片。她拿出拍立得拍下了S的手。打工学生要求拍一下他的手，他手上正拿着他爱看的书。

握一下拳！

她对不爱拍照的H说。

为什么？

H握紧拳头，举到半空做出打拳的样子。她抓拍了下来。不好意思，给你拍了张照，说完她一溜烟跑出定期刊物室。她把照片都贴到墙上。各种各样的手，填满了房间。

　　她在图书馆已经工作了九个年头。因为米饭可口，她一直在发胖，裤腰都放宽了一码。一到十点她就睡觉。只有在星期三和星期四十一点入睡，因为要看完她喜欢的艺人出演的电视剧。胃炎完全治愈，但又患上了食道炎，所以，仍需吃完饭三十分钟后服药。去年冬天经常下雪，她坐公交车上下班。和风美容院的房顶，终因大雪的重压而坍塌了。正在屋里睡觉的美容师当场死亡。

　　她坐在座位上茫然地看着窗外。挖掘机在推倒房子。听说马上要建大楼。新来了一个打工学生，拍他的手时，拍立得坏掉了。可她已经不觉得可惜了。墙上已经没有地方贴照片。下班时间到了，外边下着雨。她没有骑自行车，步行朝公交车站走去。雨越下越大，她跑进公共电话亭。妈妈关了店，在附近的饭店里打工。因为想不起妈妈打工的那家饭店的电话号码，她拨通了弟弟的手机。喂？喂？听不清，重新打吧。她清晰地听到弟弟的声音，但是弟弟好像听不清她的声音。她感到有点难过，不过仍这样安慰自己，从出生到现在我从没丢过一把雨伞。她坐上72路公交车，有空座，但她没有坐，到了该下的站点，她也没有下车。

停在图书馆的自行车，脚踏板开始生锈了。

路

　　我在等公交车。雾很浓，看不清远处驶来的究竟是轿车还是公交车。工人正在三十来米开外的地方修建新公交站点。公交车经常出错，停在正在施工的站点。一位穿着运动服的女人站到我旁边吹起口哨。女人的头上戴着黄色发夹，不对，细看原来是枯萎的花瓣。我正要不自觉地把手伸向女人的头部时，公交车打着通亮的前大灯驶了过来。370路。公司刚好就在370路公交车的车库旁。上班时可以放心大胆地打瞌睡，下班时总有空座。上公交车之前，我回头看了一眼。女人的脸上叠盖着好几层阴影。所以在那一刹那我突然觉得她像一棵树。我不自觉地挥了挥手，仿佛同好友作别。

　　穿着红色外套的大婶坐到我的旁边说，今天天气预报要下雨吗？我一边把手里的雨伞放进提包里，一边说，没有啊。雨伞太长，提包的拉链拉不到头。妈妈每天早晨用花图算一卦。她从不相信天气预报，说花图牌和肿起的膝关节比天气预报更准一点。妈妈的花图牌告诉我今天需要带一把雨伞。幸好还只是雨伞，偶尔卦上说我有不祥之兆，有血光之灾什么的，那就只能跟公司请一天假。碰上这样的日子，妈妈连厨房都不让我靠近。我有一次洗澡时不小心被热水烫了一下，自那以后妈妈就只允许我洗洗脸。公司的同事们觉得不可理喻。我说我都能理解，她就我一个孩子嘛。在这个世界上说我漂亮的只有妈妈一人。每次照镜子时，我意识到那句话是多么难以说出口。我从没有对妈妈表达过谢意，只是遇到名字里带"o"字母的人，就加倍提防，或者把书桌放到向东的位子，进门时先踏入左脚。

公交车在三岔口左转。不是右转吗？我把头顶在窗玻璃上想。车上有股烫发膏的味儿。雾气开始散去，路牌渐渐清晰起来，上面有不少陌生的文字。这时我才意识到这辆车跟平时有点不一样。座位上的广告也不一样，公交车中间还少一扇门。我抬头看了一下挡风玻璃上的线路牌。没错啊，的确是730路公交车。有时我还就想走走其他线路呢。K一边喝着我给的罐装咖啡一边说。每个星期里有三天，我坐他的公交车下班。K为了照顾我，提前发动了汽车引擎。我坐在暖和的车里，经常偷偷地看K和司机们玩花图。我从没见过像你这么丑的女人。K毫不客气地说。他的声音在没有乘客的公交车上回响。我也从没见过像你这么丑的男人。我坐在最里面的座位上回了他一句。公交车每次左转时，一幅微微变形的陌生风景就扑面而来。我的身体颠起来又坐下。我不上班也不会有人担心。你妈妈又做了噩梦吧。也许，公司同事们正一边喝着早咖啡，一边调侃。

你那双鞋跟我的是同款啊。坐在我旁边的大婶对站在旁边的大婶说。那位站着的大婶皱起眉头，低头看了一眼自己的鞋。先开口的大婶，耸了一下肩。她额头上的皱纹里是不是藏着几十年的岁月？这位大婶的身上好像围着一堵不透风的墙。哎哟喂！大家听到一声惊叫，纷纷掉头看向右侧。一辆藏蓝色的轿车撞上了交通信号灯。信号灯歪向马路那一边。路过的轿车纷纷快速通过那段路。可是公交车迟迟开不出事发地。伤得重吗？额头上布满皱纹的大婶自言自语道。谁知道，好像车里还有人在动呢。穿着红色外套的大婶回答道。您那双鞋，小脚趾疼不疼？没有啊，我没事儿。您是多少钱买的？不清楚啊，我女儿给我买的。两位大婶聊了起来。当她露出笑容时，我的眼睛没有放过她额头上舒展的皱纹。

　　市内的信号灯太多了。K离开我是因为信号灯。从他的公司到我家这一路上有36个信号灯。也许每次踩下刹车时，他就隐隐约约地怀疑起爱情。过了九点，公司也没有给我来电话。今晚课长要在家里招待职员。课长结婚十四年，马上要搬入34坪的房子。听说我今天没来上班，他可能在洗手间里撒尿时偷笑了5秒。我闭上眼睛。在梦里，K是小区公交车司机，下了班就把我带上车，在陌生的街上不停地奔驰，一直到天亮。车颠簸在砂石路面上，我在梦里也感到疲惫不堪。到了终点，司机把我摇醒。司机碰过的肩上好像有什么白色的东西。摸了摸，原来是枯萎的花瓣。什么时候掉在我身上的？我用手指捻着花瓣从公交车上下来。

*

　　起风了。枯萎的花瓣碎成粉末，随风飘散。我们一行人走在弯弯曲曲的胡同小路上。路很窄，勉强能通行一辆车。大家走到一个三岔路口，目光就纷纷落到地面上。路面上画着一个朱红色的箭头，旁边写着"超市方向"的文字。不过就算没有箭头，大家也不会迷路，因为只要往风吹来的方向走就行了。小路的两边墙上写着"即将拆迁"的字迹。稍微瞥一眼，墙里还能看到无人居住的房子，不过个别房子里似乎还有人住，因为院子里还晾着衣服。走出胡同，就是一眼望不到边的大型广场。广场两边各有一排灰色的建筑。建筑里面有形形色色的商品，所以不觉得过于冷清。它们都是单层建筑，微微抬头就能看到天空。

那是不久前开业的大型超市。商家立志要打造一家让顾客每天都能感受到幸福的超市，所以就叫"365超市"。施工过程中，还发生过一起挖掘机司机杀害同事的案件。警方为了找出尸体，推倒了一栋已经建起框架的建筑物。进入超市前需要办一张会员卡，入会费是一万。不过您也可以通过接受问卷调查来代替入会费。一个女职员露出洁白的牙齿笑着说。问卷表上有五十多道题。您一年买几件衣服？您一年为自己花多少钱？对于这些问题，瞎填了上去。好，请笑一笑。拍照时女职员仍然微笑着，露出一排洁白的牙齿。我的会员卡上有我的照片，照片上我在模仿女职员的笑脸。要是偷东西被抓，将立即没收会员卡，不仅不能再办新卡，而且还会被禁止进入全国的五家连锁店。职员在交给会员卡时严肃地说道。广场入口的地面上，用漂亮的手写体写着"365超市"的字样，此外还有一张地图，让人可以一目了然地掌握整个超市的格局。其实，所谓的地图，无非就是用四方形将各个区域整齐划一地排列起来。365超市里一共有365家商店。广场地面上很自豪地写着"不必担心迷路"。另外还不忘写道："如果购物时跟朋友失散，可以在广场中央的钟楼碰头。"地图中间有一个小圆圈。

右边是几家帽子店。其中一家是棒球帽专营店，隔壁是礼帽专营店，再过去是一家皮帽专营店。左边是一排卖饰品的店铺，人们通过整张大玻璃可以看到所有展示的商品，然而强烈的照明光线让人看不清东西的真正颜色。365超市里的东西是一件一件卖的。衬衫分有扣子的和没扣子的，都是分开卖的。走过帽子和发带商铺区，我来到项链和围巾的商铺。这些商铺是按照身体构造排列的，饭馆就在正中间。有几个人在遛狗，还有几个滑旱冰的孩子。只要不抬头看天，人们的眼睛就只能锁定在琳琅满目的橱窗上。

人们排成一条长龙，看不到尽头。一对恋人上气不接下气地跑过来排到队尾。这是排什么队啊？我问道。喘着粗气的女人笑着说，我也不知道。听到她的话，刚跑来的男人露出不可理喻的表情。这是排什么队啊？男人问旁边的大婶。我也不知道。应该有什么好事儿吧。长龙不断地延长。身穿警卫服装的男人爬到台上大喊，请大家排好队。排了四十多分钟的队得到了一个印着超市 logo 的钥匙扣。我把钥匙扣挂在提包拉链上，每走一步，钥匙扣上的人偶眼睛就向四处张望。走了一段，又看到一条排队的长龙。刚才站在我前面的那对恋人，现在站在我后面。我叫他们帮我占着位置，然后就去了洗手间。洗手间的垃圾箱里有好多被丢弃的服装。我这次领到了试用化妆品。那对恋人刚拿到试用化妆品就跑向远处的另一条长龙。那儿在分发即开型彩票。我把没中奖的彩票扔到地上。包里装满了各种样品。

一个高中生模样的女孩子指着陈列物品说，那个真漂亮啊。孩子们好像只会说"那个真漂亮"这一句似的。这句话以不同的语调高高低低、起起伏伏地传开来。广场立刻淹没在噪声之中。职员们都穿着同一款服装，留着同样款式的发型。在超市里，最漂亮的不是人体模型穿的服装，而是职员穿的服装。365 家商铺，如果每家有两三个职员，那就有一千多人穿着同一款服装在工作。假如可以，我好想在这里工作啊。和一千多人穿着同一款服装一起工作，是很美好的事情。我想。

*

　　我有五个姨妈。姨妈们无一例外又高又胖。她们经常称对方为疯婆子，所幸从没说过我是疯婆子。我们搬到 C 市前，妈妈在 Y 市开了一家饺子店。妈妈的饺子店在那一片是出了名的脏乱差。自从饭店的生意越来越差，好像任何东西只要被妈妈碰一下就会染上晦气似的。她洗的碗碟，沾着油渍，她洗的衣服，残留着污渍。我到了能洗澡的年纪，就开始自己洗衣服，碗碟也是自己清洗的。这也让我在学校获得了"好孩子奖"。

　　我是在雨季快要结束时见到大姨的。我坐在只有一张桌子的店里望着外边。桌子上到处都是面粉，我的衣袖全白了。一个撑着雨伞的女人走进店里。女人的雨伞上落着树叶。给我来一盘两人份的泡菜饺子和一人份的鲜肉饺子。女人坐在我刚才坐过的那张桌子上吃饺子。热饺子吃得越多，女人的脸就越显得冰冷。日光灯闪了几下后就灭了。吃饺子的女人帮矮小的妈妈换了日光灯。这女人是妈妈店里唯一的常客。每周都来吃三四回两人份的泡菜饺子和一人份的鲜肉饺子。这个女人吃饺子吃得很香。妈妈看她吃东西，自己也觉得饱了。不知从何时起，妈妈就跟她唠叨起了自己的事。叫姨妈吧。我按妈妈的意思，管她叫姨妈。过节时，我们关了店门，三个人一起玩花图。

我上小学四年级时，妈妈跟着姨妈搬到 C 市。那是个潮湿的居民区，偶然遇到艳阳高照的日子，我们就拿出家里的被褥，一起在太阳底下晒。有时，有一辆黑色轿车停在路口处。他们在车辆无法通行的上坡路上缓缓挪着脚步。那儿有一排大门上挂着红旗的房子。妈妈和姨妈也爱去找算命先生。按照算命先生的指示，妈妈在玄关上放了一双男皮鞋。据说这样就能让离家的爸爸回来。妈妈和姨妈在算命先生家结识了几个新朋友。到了夏天，我又多了四个姨妈。喜欢吃饼干的二姨，每次见到我就拍我后脑勺。被拍一次后脑勺，我的成绩就下降一点。三姨和四姨是双胞胎，可她们是截然相反的两种人。其中一个姨妈笑的时候喜欢拍别人的后背，另一个笑的时候喜欢捂着嘴。吃东西的口味也各不相同，爱看的电视节目也不一样。在我的记忆中，双胞胎姨妈老是打架。她们没有相同点，酒品倒是差不多。每次喝醉了酒，她们就相拥而泣，哭累了就睡过去。小姨擅长做鸡蛋卷，她不爱说话。小姨是最胖的，可她吃得最少，不过那饭量也是一般人的两倍。姨妈们的一顿饭，相当于一般人一天的饭量。然而奇怪的是，她们吃得越多，就越显出饥饿的表情。吃热饺子汤的时候，看起来好像很怕冷。

到了周六，姨妈们就在我家的客厅看周末电影，一直看到很晚。妈妈给姨妈们买了一台彩电。双胞胎姨妈经常大声争吵，我们只好把电视机音量调得很高。二姨吃饼干，渣儿掉得满地都是；小姨撒尿从不放水冲。我喝汤的时候如果发现一根头发，就用放大镜观察并查出头发的主人。头发的主人负责洗碗。自从玩了找头发游戏，我就从洗碗的劳动中解放了。屋里越来越脏了。姨妈！我叫一声，坐在客厅里的五位姨妈同时看着我，然后异口同声地说，怎么啦？我一边接受着姨妈们温和的目光，一边想，这才是幸福的家庭啊。

我的成绩差得不能再差了。大姨一听就扔下手里的花图牌，跑上那条坡路找她常去的算命先生家。据说，C市的国会议员夫人也常去他家。算命先生掐指一算，就说大姨结婚不到一年就成了寡妇，之后就一直在找老公。你会成为田径运动员的。妈妈牵着我的手来到田径部。老师指着那头的球门说，你跑到那边再跑回来好吗？我跑起来，横穿过操场。脚掌支撑着我全部体重，我马上就开始大口喘气。操场周围种着法国梧桐树，我每迈出一步梧桐树就给我加油鼓掌。盯着秒表的老师摇摇头。妈妈说我们不要求太多，就试六个月，然后就把一个白色信封塞进老师裤兜里。整整六个月，我每天跑四小时以上。我的奔跑能力有所提高。后来，我在文具店偷东西被人发现，在逃跑时我暗自感激让我练习跑步的大姨。

而二姨常去的算命先生家位于坡路上的第一家。二姨每次去相亲，都要遵照算命先生的指导，在内裤上贴着符咒。据她的算命先生说，我天生就是一个音乐家的命。居然让这个孩子练跑步！听完，姨妈们一致责怪起大姨。不知道是谁先提到了小提琴。学那玩意儿不是要花很多钱吗？妈妈小心翼翼地问道。二姨叫我给大家唱一首歌。妈妈呀，我怎么老是想你呢。姨妈们偷偷看着我，忍住笑声。没关系，想笑就笑吧。我话音刚落，双胞胎姨妈中的一个就拍着我的后背大声笑了起来。我在一家钢琴学园报了名。学园是由民房改造的，院子里有一棵很大的苹果树。坐在苹果树下听着钢琴声，恍惚间好像有人在我的两肋安上了一对翅膀，全身轻飘飘的。过了一个月，妈妈带着学费去见园长。我从没见过天赋这么差的孩子。都怪这只左手，左手弹琴键太难了。妈妈把钱放回了包里。

"我看看。人们低着头。"双胞胎姨妈常找的算命先生说道。说话含糊是这位算命先生的特点。双胞胎姨妈管他叫诗人。双胞胎姨妈因为生不了孩子而遭到离婚。卦上说，她们母亲的墓地下有水脉。姨妈俩有一次喝醉了酒，相拥而泣。这意味着，趁着夜色抛弃她们离家出走的妈妈已经死了。对于"人们低着头"这句话，姨妈们做出了不同的解释。有个姨妈说是我当老师的意思，有个姨妈说是我当法官的意思，不过姨妈们一致认为，让人们低着头，首先我的学习成绩要好。我开始做一日一题功课。碰到不会的，因为无人可以请教，就直接把答案背了下来。只有小姨对这一切冷眼旁观。小姨常找的那位算命先生，每次说话前都要笑一笑，然后微微露出镶金的牙齿。四十岁后，过手之物都变成金子，所以不需要操心。妈妈听到这句话，就抚摸着我的脸说，四十岁前可不能死哦。双胞胎姨妈颇自豪地看着我，小姨却很不耐烦。小姨听算命先生的，从不为我操心。她觉得，我到了四十岁再操心不迟。新学期开始，老师每人发一张纸，让我们写将来的理想。我把姨妈们提过的职业全都写了上去。

运动会那天，姨妈们都戴着大大的宽檐帽来了。正是适合开运动会的好天气。天空高远，老师的哨声传到了操场的角角落落。湛蓝的天空，让站在操场的孩子们变得健康。姨妈们在阳光下眯着眼找我。我暂停做团体操，朝她们挥挥手。接力比赛开始了。最后一名要完成纸条上的指令。有个孩子朝姨妈们那边跑去，抓住小姨的手。几个姨妈推了推小姨的屁股。其他小孩子也分头去找胖子。但是获得第一名的还是找出小姨的那个孩子。哇，河马欤！有个人在我后面喊。我用手指头在地上写下姨妈两个字。我和二姨参加绑腿跑比赛。我伸出右脚她也伸出右脚，两个人总是踩不到点上。眼看要被人甩下来，二姨一把把我抬起，夹在肋间就跑起来。

为了让姨妈们有坐的地方，我妈准备了两张席子。听说，妈妈和姨妈们在来学校的路上，把看到的饭馆都买了一遍。烤鸡、紫菜饭、米肠、炒年糕、饺子、各种油炸食品……我们把这些都消灭干净吧。她们说。我学着姨妈们，把摸过鸡块的手，往运动服裤子上蹭来蹭去，衣服上留下了手掌模样的油渍。姐姐，你吃这个。双胞胎姨妈中的一个对另一个说。不，姐姐吃吧。双胞胎姨妈互称对方为姐姐，把饺子塞到对方嘴里。我那天头一次见到她们互称姐姐。双胞胎姨妈，她们自己都不知道谁是姐姐谁是妹妹。接生婆说，先出来的孩子屁股上有一个大黑痣，可两个姨妈的屁股上都有一模一样的黑痣。或许，双胞胎姨妈一出生，就带着互斗的命运来到这个世界。我们一人喝了一瓶汽水，然后相互依偎着躺在席子上。大姨枕着妈妈的肚子，双胞胎姨妈把腿放在大姨的腿上，而二姨则让我和小姨枕着她的胳膊。秋日透明的天空下，姨妈们眼角下的褐斑清晰地显现出来，如同旧衣服上的纹路一样。小姨哼着小曲，流下眼泪。疯婆子，要死啊。姨妈们喝道。姨妈们的帽子在风中摇摆。在那一刻，我突然觉得姨妈们变小了，仿佛随时可以坐在帽子上飞往高高的天上。

姨妈们先后离开了那个居民区。二姨来信说她嫁给了一个带着孩子的男人。我没问她算命先生的符咒是不是起作用了。信封上邮戳是 P 市。双胞胎姨妈带着街坊们的契金[1] 半夜逃走了。街坊们把账算到妈妈的头上。小姨无声无息地消失了。听说，她和那家算命先生好上了。小姨失踪的时候，那位笑的时候露出金牙的算命先生也不见了。我到了四十岁，小姨就会来找我。留在妈妈身边最久的是大姨。我高三时，大姨送了我一个装着符咒的锦囊。说，把它带在身上一年，就能考上大学。我把那个锦囊带在身上三年，才考上地方的专科学校。

妈妈每天早上用花图算一天的运数，当时我是中学生。学校门前十字路过往的车辆，你们一定要小心，去年每一个季度都出过一次车祸。班主任老师说。同班的 W 撞上面包车的时候，我正在十字路口的娱乐室打游戏。当敌人的炸弹把我的飞机炸飞时，我听到了紧急刹车声。我

1　契金是契会（韩国民间金融互助组织）会员的共同财产。

跑到外边，看到躺在地上的 W。不知是什么原因，他在体育课总是留在教室里。有一次我看到他穿了耐克运动鞋，我真想当场把他的鞋扒下来穿到自己的脚上。躺在地上的 W，拍拍屁股站了起来，然后走到我的跟前。你知道我叫什么吗？ W 说。我没能回答。W 避开别人的眼睛偷着笑。脸上、身上，都没有落下一块阴影。当阳光穿过他透明的身体时，我的眼里流下了泪水。此后，不眠的日子就多起来。

*

我走进一家饭馆，它的名字很长："一人购物者专用饭馆"。饭馆的墙壁是用镜子做的。饭桌的摆放很特别，让人一边吃着饭一边看镜子。菜谱是根据购物时间推荐的。我点了专给购物四小时以上的人推荐的雪浓汤。我吃着牛杂碎汤，看着镜子中的自己。我吃饭时的表情一百个不耐烦。我看着自己味同嚼蜡的表情，想起了妈妈，心里十分难过。她只有看着我才能吃下饭。坐在我边上的女人在玩着给镜中的自己喂饭的游戏。吃一口吧。女人一张口，镜中人也张开口。镜子上沾了泡菜炒饭。泡菜炒饭是给购物三小时以上的人推荐的。

我走过连衣裙商铺，再走过皮鞋商铺，看到一座硕大的露天剧场。坐在露天剧场的人焦躁地看着表。到了两点，一个眼熟的男人拿着麦克风站在舞台上。大家期待的拍卖开始了。主持人讲完，人们哇的一声发出惊叹，随之爆发出热烈的掌声。第一件拍卖品是 DVD 播放器。从一千韩元起价。一万、五万、七万七千、十万韩元……人们此起彼伏地举起手又放下。再没有了吗？百货店可卖五十多万呐。主持人说完，人们开始交头接耳。最后，DVD 播放器让一对看起来像兄妹的新婚夫妻拿走了。第二件拍卖品是跑步机。三十万、三十一万、三十二万、三十三万韩元……两个女人为了争夺健身器展开激烈的心理战。挂着珍珠耳坠的中年大婶和戴着墨镜的女人都势在必得。挂着珍珠耳坠的中年大婶喊出"四十五万"，戴着墨镜的女人看起来有些犹豫。四十五万……一百韩元、一百韩元……听到一百韩元，人们爆发出笑声。我转头向发出声音的方向看去。原来是在饭馆里坐我旁边的那个女人。四十五万零二百韩元。我磨蹭了一会儿，喊出了二百韩元。我的话音刚落下，四处开始响起追加一百韩元的声音。

拍卖过程中举行了一次幸运抽奖活动。用最快的速度喝下 1.5 升可乐的人，奖励一个电熨斗。得到电熨斗的孩子十秒喝完了一瓶可乐。主持人让他讲获奖感言，结果他朝麦克风打了一个饱嗝，把观众都给逗笑了。正确答出 C 市最高山峰的名字和高度的学生获得了掌上电脑。各位，这是本次活动最后一个节目，获奖者将得到可在 365 超市全场消费的商品券。主持人给大家看印着五个圆圈的商品券。刚才那个吃泡菜炒饭的女人拍了一下我的肩膀，然后向前走去。一人一半也有五万韩元。我跟着女人走上舞台。游戏是一人出题一人说答案。我和女人一分钟答对了十五个单词。

广场干净得可以光脚走路。但看不到打扫的清洁工。这里太干净了，我想光脚走路。我对着女人的后脑勺自言自语。那就光脚走路吧。女人脱下鞋子又脱下袜子。女人的脖子很长。只要稍歪一歪头，好像全身都要摇晃起来。我脱下鞋拿在手里，在广场上走，脚底能感觉到印在广场地面上的画。走在前面的女人刚踩到"幸福"两个字时，就站在原地一动不动了。脚底发痒啊，好像要打喷嚏啦。刚说完，女人就打了喷嚏。眼睛里噙着一点泪水。

我和女人走进皮鞋店。职员帮我们用湿巾擦脚底。因为职员过于亲切，我只好买了皮鞋。我穿皮鞋照镜子，腿好像有点长了。我们用获得的商品券付款。然后又走到广场。我们站在陈列着碎花连衣裙的商铺门口。可是没有一件衣服能配这双鞋啊。女人低头看着皮鞋说道。我也是。

穿上连衣裙后女人的脖子显得更长了。女人用手遮住微微隆起的小肚子。我选了一件黄纹路的连衣裙。生来第一次穿这种款式。比想象的要好一点。微微隆起的小肚子不那么碍眼。女人刷了卡。连衣裙遮挡不住春风。我们又各买了一件跟连衣裙相搭配的开衫。这次我刷了卡。女人想要一个旅行背包。我给她买了一个拉链上挂着指南针的背包。女人也想送我点什么。我说我一直想要一个鱼形坠饰的项链。转了一圈超市的商铺，没有找到有鱼形坠饰的项链。女人买了一个有问号坠饰的项链送给我。倒着看不是很像鱼钩嘛，用这个去钓鱼吧。

那个怎么样？嗯，很漂亮。那个呢？想买的东西实在太多。所以，我和女人每次走进商铺都要握紧钱包。我跑到洗手间把手里的衣服都扔掉了。扔进垃圾箱的那些衣服显得不堪入目，甚至让我怀疑之前是否真的穿过它们。我把原来装在旧包里的东西放进新包里，可是那柄雨伞还是塞不进去。

那个真漂亮。我指着那对挽着胳膊的恋人戴的墨镜说。我们走过去跟那对恋人说，请问，这墨镜是在哪儿买的？我把墨镜的商标记了下来。以前没听说过的牌子啊。那对恋人很自豪地告诉我。广场上的一切，都显得夸张。即使是轻微的笑声，也能在整个广场上回荡。推着婴儿车的母亲们都显得很幸福。好像在这里生活挺不错的，走到超市的尽头睡一觉，然后再走到超市的入口，就能过上一天。

雨珠开始掉落下来。人们跑进商铺里躲雨。我给女人打着雨伞。雨势越来越大，一下子变成倾盆大雨。妈妈说对了。女人没有听到我自言自语。只有我们两个撑着雨伞站在广场上。路灯全亮了。灯光重重叠叠地反射在商铺的玻璃窗上，广场恍如一艘等待起飞的宇宙飞船。我们就身处在这艘宇宙飞船的中心。你看到我的脖子也会有紧紧掐住的冲动吗？我用一只手摸了摸女人的脖子。真的有一种想掐住女人脖子的冲动。要不是拿着这把伞，说不定我真会掐你脖子哦。我挥动着雨伞说。女人露出淘气的表情，就像刚才在饭店里对着镜子自娱自乐时那样，或者喊出四十五万零一百韩元时那样。然后，她走出雨伞。雨珠把她抹掉了。我看着渐渐透明的女人在想，我该回家啦。可是我想不起来是坐了几路公交车过来的。也不知道哪里是东边，哪里是西边。不过就像广场地面上写的，在这里不需要担心迷路。

凤子家面食店

　　P无故旷工已经三天了。社长在电话里怒吼，那家伙去哪儿啦？她患过中耳炎，对声音很敏感，放下电话后，耳朵里还一直响着社长的吼声。那可是他的宝贝儿子，不用报警吧？公司职员们语带讥讽地说道。P是社长的独生子。社内传言，今年夏天他就会晋升为部长。在公司内部，P的外号是无故旷工。他的旷工理由五花八门，因为春风和煦、想听涛声、想看日出，为了再下一次决心等等，不一而足。但任何一位职员都不会问他为什么没来上班。她给P发了短信：你又去哪儿啦？

　　小时候P的外号叫腌萝卜。因为他家经营一家腌萝卜工厂。说是工厂，其实所雇职员一共也只有两人而已，P管他们叫叔叔。开货车的叔叔们膀大腰圆，这一带没人敢惹他们。P有一次对她说，街头的流氓都不敢惹他。因此，P的童年很孤独。在新年开工仪式上，社长不厌其烦地讲述这家食品公司是如何从一家腌萝卜工厂逐步发展壮大的。很多故事是夸张的。然而有一点他说的是事实，那就是比别人诚实。P的爸妈每天都在透不进阳光的厂房里做腌萝卜。忙于工作的父母没有时间关心儿子在想什么，没有时间关注儿子的童年是如何度过的。看看我这双手。社长经常给职员们看自己那双发黄的手掌。知道我当年腌了多少萝卜吗？然而社长所不知道的是，他的儿子非常不喜欢腌萝卜。吃紫菜卷饭时，他还特意把腌萝卜挑出来。

三年前，P拉着一大包行李去了美国。他打算在美国读经营学，那是他爸爸平生的夙愿。在他飞越太平洋时，她在过斑马线。她要去邮电局，包里装着数十封履历表等着寄出。货车司机右转时看到了她，立刻踩下刹车踏板。然而，此时她的身体已经被撞到半空中。货车司机的夫人穿着破破烂烂的衣服来医院看望她，并握着她的手痛哭流涕。这位夫人哭得实在太伤心了，以至于让她患上了一段时间的抑郁症。她变得不爱说话了。来医院看望她的朋友们，让她认识到自己从前就是一个十足的话痨。这就让她想起了被自己的言辞所伤害的朋友们。货车司机所属公司的管理科长捧着一束花来医院看望她。科长说你有什么要求可以提出来。这位科长戴着厚厚的眼镜。她说我想要个工作。

载着三百箱腌萝卜的货车撞上她的时候，P在飞机上戴着眼罩睡觉。他在梦里用一把铁锹挖一棵巨大的树。他挥动了几个小时的铁锹，可脸上没有出一滴汗。树根终于露出来了。树上长满了不知名的花。他用随身携带的箱子装满了花。他醒来时眼睛里含着泪水。他在飞机场给爸爸打电话。他说不想读经营学，爸爸暴跳如雷，直接把电话挂了。他什么都没说，只是拿着电话自言自语：从来没感受过幸福，从今以后我只会去做让自己幸福的事情。

她拉下一半窗帘。P的桌子上落着一道影子。她偷偷轻触一下P的书桌，书桌玻璃上留下五个模糊的指印，很快就消失了。社长又来了电话。

"还没回来？"

社长的口气稍微缓和了一点。去年秋天，淫雨霏霏，他无故缺勤了一个星期。他发来手机短信说那里的夜空有多美、中午吃了鲜辣汤等等。他用这种办法跟老爸斗气。她给他回短信：那里的天空美吗？咱这里好像要下雨了。假如几天后，他脸色苍白地回到公司，他们就会去找一家公司里谁都不知道的饭店，吃一顿可口的晚餐，而且她还要嗅一嗅残留在他身上的风的味道。

午餐时间，女职员们拿着便当向会议室走去。只有她没带便当。今天吃什么？她对面的 T 伸着懒腰说。来点干明太鱼汤？铁路对面新开了一家包饭店，想不想去？我吃来吃去，最好吃的还是美食街的海鲜汤，也想吃韭菜拌饭，很久没吃过了。职员们走出办公室，七嘴八舌聊起自己想吃的东西。没吃早饭的职员早已饥肠辘辘。她没有一点胃口。K 是去年入职的，从进公司那天就开始琢磨中午吃什么。K 在笔记本上记满了各家饭店的信息。还好跟 K 不是一个部门的。她每次见到 K 就这么想。一年来，她见到 K 只说"您好""再见"。

她向后门走去。今天好像还没有人从这里走过，她昨天留下的脚印仍清晰可见，因为跛脚，右脚印比左脚印深一些。她踩着那些脚印往前走。走出后门，她见到一条长长的胡同。也许是同一个工人刷的漆，胡同里的大门都是同样的颜色。她每次走在这条胡同都感到幸福。有一次，P 拍下了她步行于胡同里的背影。她把这张照片贴在化妆台镜子的一角。蓝色大门使她像一个平和、悠闲的人。

胡同尽头有一把小椅子。由于地面倾斜，椅子歪向一侧。她在伤腿上用着力，挺直了身体。阳光透过建筑物的缝隙，照射到坐在椅子上的她。一个大胡子从对面房子里走出来，瞥了她一眼。大胡子步行于弯弯曲曲的胡同里。

她久久地看着他的背影。大胡子消失了，大胡子的影子也消失了。另一个男人的影子也消失了。可她没有收回目光，好像 P 就会从那个方向走过来似的；好像他会摇晃着装了饭团和牛奶的塑料袋走过来似的。每天中午，P 和她从便利店买来饭团，坐在这把椅子上吃。P 的饭团是加金枪鱼片的，她的饭团是添墨西哥沙拉的。椅子略向一边倾斜，她很自然地靠着 P 的肩膀。阳光明媚的日子，他们相互倚靠着肩膀，小睡一会儿。睡醒后渴了，她喝香蕉牛奶，他喝草莓牛奶。

"这是我的座位……"

穿着粉红色连衣裙的女孩子对她说。她挪了一下屁股，让女孩子坐下来。女孩子刚坐下就打了几个喷嚏。风费力地晃动着敞开的大门。谁家的狗在叫。

"这地方灰太多。"

她把手绢递给女孩说道。

"没有手纸吗？"

女孩子摸着鼻子说，看来是想擦鼻涕。她把手绢张开，说：

"没关系。"

"手绢上有草莓味。"

女孩子说。女孩子缺两颗门牙，两只眼睛太明亮，不禁让她闭上了眼睛。女孩子把手绢还给她，咧嘴大笑，露出牙床，然后抓起连衣裙的下摆，擦了鼻涕。女孩子看了一眼手表。手表上的画是前不久还流行的兔子形象，提包上也有一样的兔子形象。女孩子朝相反的方向跑起来，提包颠来颠去，上面的"兔子"好像在向她招手，连衣裙被风卷起，露出粉红色内裤。

她把手绢凑近鼻子，确实有芬芳的草莓味，突然感到饿，有了久违的食欲。如果P知道自己想吃东西，那该有多好。她打开手机开始写短信：我饿了，但迟迟没有摁下发送键，因为想起了过去三天P没有回过一次短信。P从来没有对她的短信保持这么长时间静默。她现在意识到，P正在走向不同的世界。P的衣服上染着风的气味，她每次闻到时总感觉像阅读某种无法破译的代码。不知从谁家飘来烤海鲜的气味。她站起来朝气味飘来的方向走去。烤海鲜和煮鳗鱼汤的气味随风飘散在胡同的角角落落。

她转过胡同，走了一小段路，看到住宅群中有一家简陋的面食店。气味就是从他家里飘出来的。面食店没挂招牌。大门手柄上积着油污，看来这是一家老店。右边半扇门上写着"凤子"，左边半扇门上写着"面食店"。店名应该是"凤子家面食店"。每张饭桌上都放着廉价的塑料花，那应该是红色的玫瑰，但褪色严重，已经接近于白色了。她坐在饭桌前，把花瓶推到了一边。墙上还挂着几件圣诞节期间的装饰品。饭店里一共有六张饭桌，不过现在能用的只有其中的两张饭桌。两张饭桌在角落里，上面放着一堆不知用途的盒子；靠近厨房的两张桌子上放满了清洗干净的蔬菜。店里开着日光灯，但还是显得有点暗。对面的饭桌上坐着两个穿着工作服的青年，正吃着烤带鱼和泡菜汤。他们的饭碗比汤碗还大，里面盛满了饭。

"您想吃什么？"

从厨房里传来一个女人沙哑的声音。

"给我一碗面片汤。"

厨房里传来水声，还传来哼唱声。店里立刻香气四溢。那两个吃泡菜汤的年轻人站起来。他们抚摸着圆滚滚的肚子，露出幸福的微笑。饭店女主人在她的饭桌上放下面片汤。面片汤盛在冷面碗里，满满的汤水快溢了出来。她低着头开始吃，面片汤的热气立刻传遍全身。

"您好像好几天没吃东西。"

她正在低头吃的时候，饭店女主人说。原本在清洗洋葱的女主人停了下来，用袖子擦了擦眼睛。葱根很辣。辣味也飘进了她的眼睛。她停下筷子，流下了眼泪，然后摘下起雾的眼镜，用手绢擦了擦。重新戴上眼镜，店里的东西又清晰了起来，连小墙壁灯上的灰尘也看得见了。她低头看了一眼空碗，没想到自己这么喜欢吃面片汤，略感惊讶。

结账时女主人突然停下来，盯着她一会儿，然后摇了摇头，不太自信地问：

"你是K女中毕业的？第四十八届？"

她不记得饭店女主人，但饭店女主人却清楚地记得她。

"在中学，咱俩在一个班级读了两年书，不记得吗？愚人节那天，带头让同学们把书桌倒过来放的就是你吧？"

饭店主人说完，她脑海里就浮现起当年发生在教室里的场景。那些场景，像电影一样栩栩如生：同学们反穿衣服，倒放着书桌，老师先是大吃一惊，继而捧腹大笑。她微微笑了起来，于是饭店女主人便拍着她的肩膀大笑。

"很高兴见到你，当年的事情对不起。我一直想见到你，就是为了跟你道歉。"

饭店女主人向她伸出手。然而她还是想不起饭店女主人是谁，所以也没法去问为什么要跟自己道歉。她只好含糊地说，哦，过去的事情早都忘了。

"明天来吃中饭吗？"

女主人说。明天P也许会来上班，他们两个人还要边聊天边吃三角紫菜饭团。她犹豫了，不知道该如何拒绝女主人的邀请。女主人双手紧握起她的手，手上有葱味。

"我给你做点好吃的，算是道歉。"

"明天中午约了人……"

"那就跟那个人一起来吧。"

走出饭店时，她能感觉到女主人在盯着自己的背影。我以为你会活得很好。女主人对着她的背影叹息道。她感到有点凄凉，不过一想到自己吃饱了饭，就不觉得那么凄凉了。这就是大家吃饭的原因吧。她这么想着走向公司的后门。

第二天P没来公司。职员们私下议论，谁敢把公司交给他管理？部长为了找资料翻P的书架时，发现了一堆照片。这是什么？职员们围了过来。所有照片都是人物背影：上山的人、在市场上买东西的人、上公交车的人……照片一一摆放在P的办公桌上。职员们不小心把自己的指纹留在了照片上。她注意到一张照片上是马拉松运动员的背影。她为了不在上面留下指纹，轻轻地夹起照片的一角。但是没有人注意到她小心翼翼的动作。马拉松运动员的背影是他去年秋天拍的。P带着照相机去参加了半程马拉松比赛，而她是请月假去给P加油的。他为什么收集这么多奇怪的照片？谁拍的？你别说，拍得还挺好。是 P 拍的吗？职员们七嘴八舌地说，但都很快回到了各自的位置。

填写资料的时候她突然感到饿了。快十二点，她无聊地盯着秒针走向十二点整。时间刚到十二点，她突然从座位上站了起来。对面的 T 一脸惊讶地看着她。

"午饭时间到了。"

她拍着手说。职员们停下手上的活儿齐刷刷看着她。

她朝着凤子家面食店走去，心里想着去吃蘑菇火锅。只要有了蘑菇火锅，她觉得自己能一口气吃两碗刚出锅的米饭。她不禁流起了口水。

女主人正在门口等她。

"来了。"

女主人握住了她的双手。这次，女主人的手上有酱油味。她们俩面对面坐在饭桌上。女主人打开锅盖，里面是蘑菇火锅。

"这个我馋了很久啊。"

她不禁拍起了手。两个人不说话，默默地吃着中饭。凉拌生海苔加了野蒜，地菜很香。女主人又给她的碗里盛了饭。

"多吃点，你太瘦了。"

她问这蘑菇叫什么。

"这是双袍菇，这是平菇。这个你也知道吧，是金针菇。"

蘑菇火锅里一共有六种蘑菇。她吃到蘑菇时就轻声说出蘑菇的名字。吃完饭，她们一起喝浓咖啡。

"以后你就叫我凤子妈妈吧。"

女主人对她说，凤子今年五岁，很聪明，两岁就会阅读韩文，而且长得不像自己，很漂亮。女主人挺直了腰板说道。

"凤子，名字有点土啊。"

她打量了一圈说。她没看到孩子的照片。这里太暗，不太适合养小孩。

"可惜……已经不在了。"

女主人的话音刚落，店内的一切都陷入了沉寂。柜台后面的钟表指针停了，水龙头的滴水声也没了。女主人转过身。她把手轻放在女主人的背上。她终于懂了，当一个人不得不把每一句话都用过去式表达出来时，心里该有多么难受。她把女人喝剩的咖啡倒进自己的杯子里。冰咖啡太苦了。

第二天 P 仍没有上班。她中午在凤子家面食店吃了酱汤。她说味道很好，凤子妈妈包了一些大酱送给她，让她拿回家去吃。她给 P 发了手机短信。今天吃了年糕汤，今天吃了章鱼盖饭。朋友教了我做这两道菜。今天吃了嫩豆腐汤，没想到这么好吃……可他一直没有回复短信。P失踪十天后，社长就提起失踪申告。她不管是在睡觉的时候，还是在上洗手间的时候，手里一直拿着手机。

社长找遍了全国各家医院的太平间，他在路上几度想起过世的老伴，不时流泪。在L市近郊发现了P的尸体，九点新闻简单报道了此事。记者在报道中称，P是某中小企业主的独生子。公司的全景模糊地出现在新闻画面中。某一个职员接受了记者的采访，说P是很诚实的人，既没有信用卡债务，男女关系也不复杂。职员的声音做了技术处理，但大家都能认出此人是谁。

职员们上班时都穿上了黑色服装。她早上穿衣服时发现裤子不合身。拉上拉链，感觉大腿处太紧，她深吸了一口气，才扣上扣子。车载着P的灵柩绕了公司一圈。她在洗手间的坐便器上坐了很久。每次有人敲门，她就放水。下班时，她把散落在桌上的P的照片都收进了自己的包里。

巴士在夜路上行驶了很久。她坐在第一排盯着前面的车尾灯。时间一久眼睛发疼，流下了眼泪。司机不停喝饮料。L市的客运站正在施工。立在客运站前的施工图表明，建成后这里将成为综合性购物中心。她来到旅馆，对服务员说，想要最顶层的房间。

"没有房间……"

旅馆女主人上上下下扫了她几眼说。

"别担心，我不是来自杀的。"

她把床拉到窗户下面，然后坐上去，透过窗户欣赏L市的夜景。因为阳光射进来得太早，她没办法继续赖床。她像一个来此定居的人，带齐了牙刷、换洗衣服、收音机和具有除皱效果的护肤液。在客运站，她还曾久久凝视着乞讨的流浪汉。她往流浪汉的铁罐子里放进一万韩元，不过很快就后悔了。太阳落山后，她回到旅馆，无聊地看着L市的夜景，看着看着就睡着了。她毫无目的地在L市游荡。看到摄影器材店就进去参观一下。很多店里都有P的那款照相机，但她要找的是快门旁边有小瑕疵的照相机。在P的尸体附近没有找到照相机。几天后，她夜里坐巴士回到家里。回来的时候，她把牙刷、新买的衣服、一次没用过的收音机、那瓶由著名演员代言的护肤液，都扔在了旅馆里。

她把P拍的照片贴在镜子上。镜子已经贴满照片，她化妆的时候只能用小镜子。现在，在公司里，她第一个上班，最后一个下班。P的办公桌上什么都没有，她看着空空荡荡的办公室，感觉自己仿佛站在水库的中央。不过她觉得自己就算掉进那座水库里也不会窒息的。已经没人再提起 P。警察对疑犯的调查毫无进展。新出的辣椒酱品牌口碑迅速提升，公司的销售额突然暴涨。社长给大家发了奖金。

P 的接任者升职了，但脸上看不到一点喜悦。他不愿意坐 P 的办公桌，他说今年是三灾[1]，不得不小心。二手家具店派来两个力工。他们两个人轻松抬起 P 的办公桌。她在看到办公桌被轻松地抬起时，两腿突然用力。他不会就那么轻飘飘地离开的。下午，家具店送来新办公桌。比起 P 的那张办公桌，它显得更敦实一点，木纹也更漂亮一点。窗户略开着，从缝隙里透进来紫丁香的气味。听说紫丁香树是公司刚搬来时种的，而去年开始它就开花了。有几个职员停下手里的工作，嗅起了花香。

她离开办公室，向紫丁香树走去。她坐在紫丁香树下面，想了想 P 死的时候自己在做什么。那天，她早饭只吃了一口海带汤泡饭，因没赶上公交车而上班迟到。晚上，跟远在乡下的妈妈通了一次电话，开着灯睡着了。睡眠中，她意识到灯开着，但因为睡得太深，实在起不来。睡

1　三灾指火灾、水灾、风灾，此处指流年不利，诸事不顺。

眠中她还担心这个月要多交电费了。他死的时候我竟然在担心电费，真是太傻了。她对紫丁香树说。紫丁香树好像在回应她，将白色花瓣散落在四方。

　　P死后的第二天中午吃饭时间，她趴在桌上睡着了。那一整天她都感到很疲倦，自己一个人看电视剧时笑起来，不小心打翻咖啡杯，弄脏了被褥。她看了两张VCD，睡前又翻了一下生活信息类报纸。她打算拿到了储蓄金，就换一间好点的单身公寓。他的灵魂在她身边徘徊时，她看着电视剧放声大笑。她说，以后不看电视剧了。紫丁香树又一次点了点头。花瓣掉在了她的脑袋上。

　　说不定，我坐在长椅上嗅手绢上的草莓味时，他就出现过。这么一想，她的心就怦怦跳。我的手绢呢？她绞尽脑汁也想不起来。明年春天，紫丁香树的树根会更加牢固。她站起来用脚踢了踢树。她心底突然涌上愤怒，但不知道是冲向谁的。紫丁香花的香气太浓。职员们嗅着甜甜的香气，各自回想自己曾经幸福的时光。没有人再为他的死而难过。她感到害怕。她自己也爱上了紫丁香花的香气。她折下树枝，抽打起了紫丁香树。

　　凤子家面食店关着门。她拍着大门，凤子妈妈！从里面传来开门声，接着又传来拖着鞋的声音。门开了，凤子妈妈用手打理着乱糟糟的头发，露出了脸。一看是她，凤子妈妈脸上不耐烦的神色一扫而光，快步走出大门。

"什么风把你吹来啦？等得我好苦。"

凤子妈妈穿着睡衣。这件睡衣的胸口上有米老鼠的图案，看样子穿了很久，膝盖和屁股的部位都凸起了。她看到凤子妈妈的这身穿着不禁开怀大笑。

"为什么拿着树枝啊？"

她低头看了一眼自己的手。她一整天拿着紫丁香树的树枝。树枝已经掉了皮，枝头也裂了。她朝胡同口扔出树枝。

"没什么！"

凤子妈妈说要给她做特别好吃的下酒菜。她说她想吃辣炒猪肉，喝一碗可口的贻贝汤。凤子妈妈回屋换上衣服，把钱包夹在腋下，踩着小碎步推门而出。没过多久，凤子妈妈就拎着塑料袋子回来了。

"贻贝没卖的，我给你做蛤蜊。"

她一边听着剁案板的声音一边读旧杂志。她和凤子妈妈每喝一杯酒就夹起一块猪肉。

"嗯，真好吃。"

她们吃一口就说一句真好吃。她的脸很快就红彤彤的。她请教怎么做蛤蜊。

"……最后放大蒜和红辣椒就可以了。"

听起来好像也不太难。

凤子妈妈突然关掉店内的照明设备。

"你等一下！"

她模模糊糊地看到凤子妈妈在黑暗中摸索墙壁。很快，色彩斑斓的小灯泡亮了起来。

"喂，你说像不像圣诞节？"

凤子妈妈小声哼唱起了圣诞颂歌，她也跟着唱了起来。

"一个人太寂寞，我就打开那些灯，看着灯光。"

她这时候才明白过来为什么墙上还留着圣诞节装饰品。烧酒杯被灯光染成红色。她小心翼翼地抬起酒杯，让红色灯光继续映在杯子上。然后碰了朋友的酒杯。

第二天她没去上班。朋友做了北鱼汤给她吃。她吃完就在那间没有窗户的房间里睡懒觉。因为没有窗户，这间房很适合睡懒觉。附近工厂打电话来要十碗刀切面。她跟着凤子妈妈一起去送刀切面。

"我该给你日薪了。"

凤子妈妈带着歉意说。

"你教我做菜，就当是日薪吧。"

下午，她就跟凤子妈妈学习做美味的泡菜汤。她做泡菜汤、大酱汤、豆酱嫩豆腐汤……有的客人还津津有味地喝她煮的泡菜汤。晚上，她看《今日美食》节目，一边看一边用小本子记厨师传授的秘方。有一天，最后一位客人离开后，她谨慎地问朋友。

"如果你同意……咱们合伙吧?"

她们俩来到装修工作室。工作室社长建议，打通小房间，把餐桌增加到八张。她解除了定期存款合同。凤子妈妈只带着几件衣服搬到了她家。她家是半地下室，幸好有两个房间。她腾空闲置的房间，把里边的东西全部扔掉。过时的衣服，在上门销售人员软磨硬泡之下购买的英语教材等等，这些东西在房间里堆积了多年。两个人回到店里，把厨房用具装到辛拉面纸箱里。凤子生前，隔壁奶奶非常疼她。那些纸箱就是这位奶奶送给她们用的。力工们拆下墙上的装饰物，又把那些插着塑料花的花瓶和溅了泡菜汤汁的体育报纸都塞进了麻袋。搬动桌子的时候，扬起了白蒙蒙的灰尘。力工们咳嗽起来。那天从店里清理出来的垃圾装满了载重一吨的卡车。

她们把原来的店名"凤子家面食店"改为"凤子家米饭店"，一天只卖一样菜：星期一是炖明太鱼，星期二是辣炒猪肉，星期三是海鲜砂锅，星期四是大酱汤和锅巴饭，星期五是炖银鲳鱼，星期六是嫩豆腐汤。凤子妈妈说星期天无论如何也要休息一天，星期天就是让人休息的。她说，有些白领经常晚上饮酒过量，何不做点明太鱼汤卖给他们。凤子妈妈想了想说，明太鱼汤可以免费提供给需要的客人。饭店焕然一新，已经看不出从前的样子。数十盏灯泡把店内照得亮亮堂堂的。墙壁和饭桌是淡淡的粉红色。装修工作室的社长说，微红的颜色能刺激人的食欲。她打开了牌匾的开关。凤子妈妈在店外面喊：

"亮了、亮了！"

凤子妈妈哭了。凤子妈妈抽噎着说，谢谢你保留了"凤子家"三个字。她这时候才清楚地想起凤子妈妈是谁了：小个子，坐在第一排，上学时眼睛总是红肿着。

"后悔上学时没跟你做好朋友。"

凤子妈妈露出幸福的微笑，眼角的泪水滚落了下来。

客人渐渐多了。她以前的同事们也慕名而来。嘴比较刁的 K 对她连说两遍很好吃。

"谢谢，欢迎再来。"

她亲切地说道。以前的同事有点慌了，因为她跟从前不一样，态度很亲切。K 把自己喜欢的饭店都记在一个笔记本上，她把凤子家米饭店也记了下来，接着就提出几点建议。K 说，海鲜砂锅公司对面那家做得更好吃，你们竞争不过；而炖银鲳鱼太咸，一整天想喝水。星期三的菜谱换成了乌贼盖饭，她们做炖银鲳鱼时特别小心，担心放太多盐。有一次社长和秘书一起来到店里。社长津津有味地吃了锅巴饭。秘书给了她一个信封。不管在哪里，都好好活着。信封里装着社长亲笔写的卡片，还有不少钱。不管怎么说，他是职员们所尊重的好社长。

客人们在吃饭，她坐在收银台看着他们的背影。那些弯曲的后背，在给她讲述许多故事。吃饭的时候会忘掉很多事。凤子妈妈在厨房哼着跑了调的小曲。几个常客熟悉那首歌，一边吃饭一边也在心里跟着哼起来。现在，她会做的料理，足以编成两本料理书。

孤独的义务

1

我出生时爸爸在外地出差。外婆打电话给在 M 市出差的爸爸，告诉他我出生的消息。爸爸说当时感觉不太对，就没有相信外婆的话。因为离预产期还有一个月，而那天恰好又是四月一日愚人节。外婆爱笑。她在战争中失去双亲，不得不独自承担抚养两个弟妹的责任。为了哄弟妹们开心，外婆遇到鸡毛蒜皮的小事都会哈哈大笑。外婆就这样养成了爱笑的习惯。这是外婆跟我说的。女儿结婚后，外婆最大的乐趣就是捉弄女婿。爸爸屡屡受骗。外婆骗他在车站等过几个小时，骗他吃过不能吃的东西。有一次，爸爸听说隔壁胖大婶怀孕了，于是见面时就向她表示了祝贺，结果他碰了一鼻子灰。爸爸又被外婆骗了。而隔壁胖大婶的大肚子其实是一堆赘肉。所以，爸爸不相信我已经出生了。丈母娘，是真的吗？爸爸翻来覆去地问，然后说：是女儿还是儿子？那天毕竟是愚人节，外婆不会老老实实地告诉他。是闺女，太漂亮了。外婆说谎了。那天晚上，爸爸一个人在 M 市的一家破旧的酒店一直喝到天亮。

我上小学三年级的那年，爸爸从公司辞职了。医生说爸爸得了肝癌，最多还剩下半年时间。医生说得太平静。爸爸滴酒不沾，除了我出生的那天，从来没有喝过酒。我不再去珠算学园，小我两岁的妹妹不再去书画学园。爸爸的脸越来越黑，妈妈眼角下的阴影也越来越浓了。我们全家搬到了农村。我和妹妹盖着毯子坐在货车的后车斗里。虽然已经是春天，但风还是很冷。我们驶入村子，看到粉红的花瓣像蝴蝶一样在空中飘飞。那小小的"蝴蝶"落在妹妹的头上，落在妈妈的头上，还轻轻落在爸爸的胸口上。搬行李时，花瓣从我们身上掉了下来，唯独爸爸胸口上的花瓣没有掉下来。爸爸把花瓣摘下来，放进嘴里小心地嚼起来。哦！还挺好吃。我也学着爸爸捡起花瓣吃起来。苦。真好吃啊？一直盯着我和爸爸的妹妹说。妹妹跑到房子后面，摘下树上花瓣，抓起一大把吃进嘴里。她快哭了。妹妹好像不想让人知道自己上当了，义无反顾地把一大把花瓣吞咽下去。我们在新居的院子里，爆发出久违的笑声。

爸爸常去登山，肩上的大背包里装满各种野菜。爸爸出生在城市里，在他眼里那些野菜都是叫不上名字的杂草。爸爸在山上爬上爬下的时候，妈妈在距离我们家四十分钟车程的地方大学食堂打工。爸爸的运动鞋沾满了泥，我拿出来洗干净了。妹妹自从听说爸爸病了，就经常流泪。电视上的搞笑节目我一集不落地看，并喜欢模仿喜剧演员的滑稽动作。妹妹一整天不说话，不过看到我做滑稽动作，就发出咯咯的笑声。特别是当我伴着鼻音说，快离开地球吧，妹妹就捧腹大笑。我可以惟妙惟肖地模仿从具凤书到金亨坤[1]的所有喜剧演员的声音。我在学校一直担任娱乐部长。

爸爸采集来多种草和树根，把汁液榨出来饮用。医生说的六个月过去了。爸爸早晨起来把米饭泡在大酱汤里，吃一大碗。爸爸听说他采集的一些植物可以高价售出，于是爸爸就越发频繁地上山去，有时候甚至好几天都不回来。我问爸爸，在山上不饿吗？爸爸说，山上有的是

1　具凤书（1926—2016），韩国第一代搞笑艺人；金亨坤（1960—2006），活跃于20世纪八九十年代的韩国搞笑艺人。

食物。又过了一年。每天早晨五点，爸爸准时起床打扫院子。我升入中学时，爸爸脸上的阴影完全不见了。第一个给爸爸看病的医生说难以置信。

妈妈从大学食堂辞职了。许多人听到传闻慕名而来。爸爸在山里爬上爬下的时候，妈妈用爸爸采来的草药精心榨出汁液。草药汁液的包装便于患者服用。他们不在乎草药的价格。开初，我们只有门前的一小块菜地。后来，村里有人出售土地，我父母就一点点持续买入。爸爸定期给外婆寄钱。外婆收到钱，都要打电话来告诉我们是怎么花的。她说换了新锅炉，跟大家伙儿一样也买了彩色电视机。爸爸妈妈只用上等材料做草药，他们祈愿所有购买草药的人都能恢复健康。而那些掉了根的、有缺陷的草药，就给我和妹妹吃了。

一辆黑色轿车停在院子里。从车上走下穿着黑西服、戴着黑墨镜的男人。喂，学生！这是卖药的那家吗？我摇了摇头。我听人说就是这儿……男人只说了半截话。叔叔，您是来买药的吗？我看到男人的眼睛闪过一丝光。我在他的耳边说，哪有白告诉的？男人从钱夹里抽出一张一万韩元纸币。钱夹还挺厚。我说，就是这家。戴墨镜的男人知道被我骗了，豪爽地大笑，表示自己不跟我一般见识。我跟妈妈说男人的钱夹很厚，妈妈多收了他的钱。黑色中型轿车倒车时撞上院子里的金达莱树。

戴墨镜的男人走后不久，一群警察闯进了家里。爸爸因销售非法药物遭到拘捕。那天开着中型轿车来的男人是某知名国会议员的秘书。这位国会议员的父亲是肝癌晚期，吃了我们家的药没几天就死了。妈妈为了把爸爸救出来，卖掉了房前的菜地。这块地很肥沃，不管种什么长势都很好。律师在法庭上辩称，当时死者最多只能活一个月，此人本来就无药可救，我的当事人何罪之有。他说得没错，但这种话不适合在法庭上说。妈妈又去请了名气很大的律师。这个律师的代理费高得离谱，妈妈无可奈何，卖掉了所有田地。

两年后爸爸回来了。妹妹本来要念商业高中，现在突然改了主意，她要上人文系高中[1]。妹妹握着爸爸那双略显消瘦的手说，爸爸，我想上药科大学。爸爸的眼睛有点湿润，但马上就干了。他在得知自己肝癌晚期的时候也没有流过泪的。此后，爸爸需要继续做他的草药。起初是为了给我准备大学学费，后来是为了支付妹妹的大学学费。不过，来买药的人并不多。妹妹考上了药科大学。子女们

1　韩国人多将普通高中称为人文系高中；商业高中是职业教育学校的一种，相当于中国职业高级中学。

都离开了家，爸爸妈妈在空空荡荡的乡下房子里每晚看无聊的电视剧。

大学毕业那年，我参加了广播电视台举办的公开招聘考试。我的梦想是成为搞笑节目的制作人，制作《笑一笑，幸福来敲门》《幽默1号》等类似节目。最终确认合格人员名单里没有我的时候，我忽然想起了考上大学那年父母给我买的皮鞋。你穿上这双鞋，想去哪儿你就去哪儿。爸爸一边擦皮鞋一边说。在奶奶的葬礼上，我弄丢了那双鞋。我想，奶奶穿着我的皮鞋升入了天堂。这么想，丢了新皮鞋也不觉得那么心疼。

毕业典礼那天，我在首尔预订了最好吃的韩定食馆。真好吃啊。妈妈每夹一次菜就说一句。可能是暴食了，妈妈回家连吃了几天消化药。此后妈妈就经常噎食。吃了消化药也不起作用，妈妈平生第一次去了综合医院。医生说是胃癌晚期。医生建议做手术，妈妈拒绝了。妈妈还是相信爸爸。爸爸又像从前一样在山里爬上爬下。医生说的三个月很快过去了。妈妈悄悄地闭上了眼睛。在那个时刻，我在到处收集各家公司的应聘申请表，妹妹正在回答一位慢性胃炎患者的咨询，而爸爸抱着一线希望在山上闷头寻找，他希望能找到山参。

我成了银行职员。妹妹给我买了五条漂亮的领带，同学们来找我贷款，我已经想不起他们的名字。每月的最后一个周五，我会和大学好友聚会喝酒。喝完酒回家的路上看到了公共电话，我就给家里打电话。

爸爸，在干吗？

就待着呗。

这样过了一年，大家意识到一个月一次的聚会有点累人。于是，聚会时间变更为奇数月。我一如既往地在回家的路上给爸爸打电话。

爸爸，白天都做什么了？

上山了。

又过了一年，有人建议改为每季组织一次聚会。不来参加聚会的朋友越来越多了，到了秋季，一个人都没来。我一个人坐在老位置上喝酒。下酒菜就要鸡蛋卷，因为太咸还剩下了一半。我给朋友们打电话，他们一再道歉，说公司太忙。我很想发火，但奇怪的是发不出火。回家的路上给爸爸打电话。

爸爸，今天做什么了？

去山上了。

去干什么？

给你妈妈采药。

公共电话亭里有一股尿骚味，我用脚踢电话亭的玻璃板，说：

妈不喜欢苦的，采点儿有甜味的草药吧。

仁硕，天底下哪有甜的草药！

爸爸放下了电话，连一句再见都没有。我拿着电话茫然地看着街对面的便利店。一个穿着朱黄色 T 恤的男人走进了便利店，三个穿着校服的女学生从便利店走出来。我的脑袋里仿佛被塞进了钟表，秒针的滴答声轰然响起。爸爸走进山里再也没有出来，也许他没有找到带甜味的草药。

2

从公司到家，需要坐五十分钟的地铁。上班前找四本漫画书放进包里。上班路上读两本，下班回家路上读两本。很久没有来往的朋友们又开始相互走动了。朋友要结婚，他们的孩子也要过周岁。我几乎每周末的中午都吃宴会自助餐。如果自助餐的菜单上没有寿司，或者面条汤太腥、排骨汤里没有排骨，我会有点沮丧。碰到这种状况，我实在说不出"祝你们幸福"。妹妹跟药店的同事结了婚。男方是老实人，他唯一的缺点是，笑的时候眼睛会变小。

他给人印象很好，如果将来开药店会得到客人的信任。我们卖掉了父母在乡下的房子，再加上我、妹妹、妹夫的定期存款，用这笔钱在首尔边缘地带开一家不错的药店。

我在下班的路上去了一趟漫画租赁店。店长比我大两三岁，他把酒藏在柜台下面，趁客人不注意时偷偷喝一口。有时候没有客人，他就拉住我唠唠叨叨讲个没完。租赁店经常没有客人。因为对面新开的那家漫画租赁店比他家大三倍。开漫画租赁店之前，他在这里开过紫菜饭专门店。紫菜饭专门店刚开业不久，隔壁就新开了一家紫菜饭专门店，那是一家知名连锁店，分店遍布全国。客人都跑到了隔壁。店长说起不幸的过去，一口气能讲几个小时。他说，哪天中了一万韩元的彩票，反而惴惴不安。因为在每一个幸运的终点，都潜伏着一个更大的不幸，所以不得不让人惊恐万分。我扭扭屁股，模仿蜡笔小新，店长乐得开怀大笑，露出刚镶的金牙。

自从我升职为代理，在下班的路上总感到疲惫不堪。突然想交一些朋友，不过是那种不需要参加婚礼、孩子周岁宴的朋友。于是我加入了网络同好会，名字叫"生于愚人节"。同好会会员们相互鼓励，讲述自己出生那天发生的匪夷所思的事情。没人在乎讲的是真的还是假的。有个会员发了文字，说父母是在自己生日那天因煤气中毒去世的。我给这个会员发送了卡片，上面写着鼓励的文字。有三胞胎兄弟，他们都是愚人节那天出生的。有人质疑是不是做了剖腹产，掐着日子生的。有人留言道：妈妈倒是省事了，生日宴一年办一次就全齐了。我晚上睡不着就跟素未谋面的网友聊得起劲。漫画租赁店的店长来电话了。我还以为你搬家了，这么久不来。我恍惚间感觉从电话那头飘来一股酒味。哈哈，谢谢您惦记着我，最近公司比较忙。我忍受着"酒味"，礼貌地接听了电话。朋友来电话了。你下周末有时间吗？不好意思，那天是我妈的祭日。我用满是抱歉的口吻说道，然后就把电话挂了。

四月一日，"生于愚人节"的会员们举办定期聚会。咖啡厅的墙上挂着横幅，上面画着很大的生日蛋糕。有人关了灯，横幅上生日蛋糕的蜡烛闪闪发光。原来是用荧光笔画上去的。会员们唱起生日快乐歌。大家低声但温馨地唱着歌，仿佛生下来第一次得到这样的祝福。我看了一圈唱歌的人。他们都闭着眼睛，左右摆着头。

会长网名"蓬头道士"，他出来跟大家讲话。会长给我的第一印象跟我想象的差不多。我每次读到会长在会员吧上的留言，就想象这样的一张脸：眉毛微微地弯曲，笑起来眼角出现细细的皱纹。好！从左边那张桌开始，大家做一下自我介绍吧。会长话音刚落，除了投向墙壁的氛围灯，咖啡厅内的所有灯光全灭了。每个人的头上落下了影子。每当有人报出自己的网名，便爆发出此起彼伏的惊叹声：啊！同一天生日的三胞胎兄弟，只有老三出席了这次聚会。他说大哥现在在国外，二哥昨天晚上做了阑尾手术，目前在医院，今天来不了。听他说完，大家都觉得很可惜。

我们这一桌坐了四个人。对面的女人说自己是"老花镜"。我记得她在注册会员时跟大家打了一次招呼，此外就没有发过帖子。"老花镜"身边的女人是"三角"。我身边的男人是"火钳"。对面的女人是高个子，来此聚会的人当中她是最高的。她的上吊眼和厚嘴唇很相配，可能因为化了浓妆，显得有点俗气。我们都是同龄人。太棒了！"三角"说道。什么太棒了？"老花镜"口气很生硬。"三角"说：多棒啊，三十年前，我们的母亲捂着肚子，满脸幸福地想象自己即将出生的孩子。我们点头同意。

我们频频碰杯。喝啤酒时，我们都不喜欢吃爆米花，但大家喜欢吃的却各不相同。不过，每张桌子上的下酒菜都是一样的，不需要再费脑筋去点菜了。"火钳"讲了愚人节那天旷课的故事。我正要准备去上学的时候，隔壁家的哥哥告诉我，从今年开始愚人节指定为公休日了。我信了他的话，回到家里睡了一整天。接着，"三角"说起自己的故事。有一次，我在睡觉。妈妈把我摇醒，喂喂，祝你生日快乐！我抬头看表，是七点钟，可是觉得特别困。原来，我妈拨快了表。那天我凌晨三点吃了海带汤。妈妈说我是三点出生的。很快，咖啡厅内所有人都在讲愚人节的故事。"三角"和"火钳"讲的时候，我一边听一边准备自己的故事。轮到了"老花镜"，可她却什么都不说。她耸耸肩，表示无话可说，所以很快又轮到我讲故事。假海带汤的故事、愚人节向讨厌的女孩子告白的故事、愚人节跟女朋友假装提出分手，结果弄假成真的故事。这些故事都是我现场编的。没人问是不是真的。因为这是同好会的会员要遵守的第一条规则。

大家先停一下，我有话跟大家说。会长站起来看了一圈在座的人。他刚才挨桌敬酒，可是脸上却毫无醉意。有件事要跟大家坦白，其实我的生日不是四月一日。在座的人开始窃窃私语。这算什么？那为什么要建这个组织？会长看着他们，脸上的表情说不上是哭还是笑。我不知道自己的生日。我的生日只有抛弃我的父母知道。既然我的父母不接受我，那我就把自己的生日定为四月一日。说完会长就坐回到椅子上。这时，有个人突然大喊一声干杯。他已经醉了，没听到会长说什么，舌头都打着卷。根据同好会的规则，咱们不能问会长他说的是不是真的。对吧？女人用舌头舔了一下自己的厚嘴唇，坐回到位置上，然后转过头久久凝视着会长。我看着女人的侧颜，心想她的下颌线真美。我举起杯大声说：为"蓬头道士"干杯！

所有人都开心地喝下最后一杯酒。临走前大家勾肩搭背，又唱了一次生日快乐歌。我把手放在"老花镜"的肩头说，想不想换个地方再喝点？

听说，我一生下来，我爸爸就给老家打了电话。当时我奶奶正在吃晚饭，她放下筷子就跑向里长[1]家。村里唯一一部电话就在里长家里。妈，媳妇儿生了，是女儿。不知道是不是我奶奶耳朵背，没有听清我爸在说什么。你说什么？是儿子？我奶奶问了又问。我爸耽误不起时间，随口就说。因为电话费太贵嘛。我奶奶就信了我爸，杀了一头牛办酒席请村里人。我差点就成了四代独子。

说完，"老花镜"连喝了两杯烧酒，菜也没吃。店主正在切生鱼片，"老花镜"瞥了一眼店主的切肉手艺。店主的手艺马马虎虎，从水缸里捞鱼到切生鱼片，都显得笨手笨脚。店门上贴着"新开业"。女人说这家是新开的

---

1 邑、面的行政区域里的负责人，相当于中国的村长。

店，我们第一次见面，在这里喝酒别有一番意味。生鱼片店的店主，以九十度鞠躬迎接我们。我也给她讲了我出生时的故事。就是我出生时爸爸在某个地方城市一个人喝酒的那个段子。听完她捧腹大笑。我们用力地碰杯，不怕碰碎了酒杯似的。生鱼片还没端上来，我们就喝掉了一瓶烧酒。

她比我晚半个小时出生。虽然只差半个小时，但我们两个还是有很多不同点。她说自己喜欢一个人喝着啤酒看电视剧，但不喜欢搞笑节目。我模仿搞笑艺人，她也不笑。她说自己在首尔郊区开一家很小的数学补习班，可是现在学生越来越少，很头疼。你瞅瞅，我操心得都谢顶了。她的头顶掉了一圈头发。虽然累是累点儿，我还是给乡下的奶奶买了两头牛。因为，患了老年痴呆症的奶奶老骂我是"杀牛的娘们儿"。听了她的故事，我感觉她是一个爱恨分明的人。跟她聊了一会儿，我对自己有了新发现：如果谁用不容置疑的口气评价我，我就会不自觉地皱眉头。红色系的领带不太适合我。右手比左手出更多汗。芥末吃多了就打嗝。这些新发现，我感觉不错。

我每周和她见一面。有些月份的手机费高达十几万韩元。这样过了几个月，我又怀念起过去周末睡懒觉的时光。提前购买电影票，并在电影院附近预订不错的饭店，没有想象中那么简单。于是，我用出汗较少的左手握住她的右手说，我希望我们的孩子的生日是四月一日。现在……你……这是求婚吗？她的声音在微颤。也可能是因为冷了。下着第一场雪，她只穿着薄薄的秋装。是的。我很干脆地说。我自己听起来都觉得太冷淡了。奇怪的是，向她求婚心里一点不紧张。

3

我们的婚礼在四月一日举行。她说咱们这结婚纪念日和生日是一天，看来到死也不会忘。四月一日结婚的人不多。举办婚礼的场地定了下来，费用优惠百分之二十，礼服倒是早早就定了下来。妹妹对她不太满意，觉得她过于固执。我俩跟妹妹和妹夫吃了一顿饭后，妹妹就打电话来大谈特谈我喜欢的女艺人。哥哥，你不是喜欢小巧玲珑可爱型吗？你不会是忘了吧。妹妹话音刚落，丁零零响起了铃声。来客人了。我没听妹妹再说下去，说挂了吧。

同好会的会员们筹钱买了冰箱送给我们。来参加婚礼的"火钳"和"三角"频频交头接耳，被会员们取笑了一番。她的朋友不多。我心想，不爱说对不起的人，不太容易交朋友吧。患上老年痴呆症的她奶奶，没能来参加婚礼。婚礼快结束时，主持人叫大家三呼万岁。我生了儿子也要！我高举双手喊道。客人们放声大笑。婚礼办得很顺利，不过真正让我自豪的是让客人捧腹大笑了一回。

菜真不好吃。凉拌海蜇还能吃，排骨太硬……我听到客人走出饭店时说，脸不禁红了。如果他们说新娘没有福相，或者说新郎小心眼，就不会觉得那么丢脸了。妹妹穿着漂亮的韩服，不停擦着眼角的泪水。侄子看到妈妈哭了，也跟着哭了起来，哭得很厉害，好像我一去不复返似的。

机场里有很多新婚夫妻。大家都穿着同样的 T 恤。等飞机的时候有人拍了我的后背。亲爱的，你去哪儿了？回头一看，她穿的 T 恤和我的一模一样。这件 T 恤好像女人穿着更合适。有对夫妻穿着和我们一样的 T 恤，坐上了同一班飞机。刚下飞机，她就说要换一件衣服。我说，怕什么，你穿着比她漂亮多了。她撇撇嘴说，我不是那意思。我是说那男的穿这件 T 恤，比穿在你身上更漂亮。飞机起飞后我们就没再说话，空姐送来的饮料也没喝，我们美美睡了一觉，虽然时间很短。

我们第一次看到油菜花。一群新婚夫妻在等着走进油菜花丛里拍照。我一看到他们就失去了拍照的兴致。走吧！我刚说完，她就走进了油菜花丛里。我拍下了她的背影。晚上我们准备去济州岛一家著名的烤带鱼店。她给我看了从报纸上剪下来的一则介绍美食店的新闻。结果我们在街上瞎转了一个小时。一来报纸上的那张地图太复杂，二来我特意为这趟新婚旅行练习的驾驶技术太烂。最后，我饿得实在开不了车，随便走进了一家饭店。我说济州岛的烤带鱼本来就有名嘛，味道都不会差到哪里去。她说你什么事情都愿意往好的方面解释，有时候让人头疼。我们刚坐下就喝了三杯水。烤带鱼比想象的好吃多了。我们多要一小碗饭，亲热地分吃完了。

　　第二天我们换上了另一款 T 恤，是卡其色，她说是在某知名品牌打折店半价买的。她衣柜里有四件同款 T 恤。新婚旅行才两天三夜，为什么要买五件？我觉得奇怪，但什么都没问。在火山口遇到一对夫妻，他们身上的 T 恤跟我们是同款的。他们看到我们，尴尬地挥了挥手。我们也朝他们挥了挥手。在饭店吃午饭时，又看到一对穿着同款 T 恤的新婚夫妻。他们就坐在我们对面。咱们要不要回旅馆换一件衣服？她停下正在吃的乌贼盖饭说。我瞅了一眼，穿着卡其色 T 恤的那对新婚夫妻在收银台前结账。我看，他们的 T 恤其实跟咱们的不太一样，颜色更深一点。

　　漂亮的马路还真不少。我们把车随意停在一边，在柏油路上走啊走啊，然后又折返回来。我们一边走一边讲自己的小秘密。我睡觉时流哈喇子。我打呼噜啊。我小学时当过小偷。我小学时在超市也偷过口香糖。她突然跑了起来。我也跟着跑起来。这件事我从来没跟人说过，我做过手术。她边跑边说。做过什么？整容手术？这么说我被骗了。也许是因为很久没有跑步，我已经气喘吁吁了。她突然站住，咯咯地笑，指着自己的眼睛说，我以前戴的眼镜像放大镜似的。

　　回旅馆的路上，我莫名其妙地想起了漫画租赁店店长的那张脸。我看了看坐在副驾驶座的她，伸出右手轻轻摸了摸她的额头，感觉不到温度。我认识一个人，他说自己中了一万韩元的彩票就感到惴惴不安，因为他担心连这点小小的幸运最终都不会真正属于自己。他挺傻的。她说了梦话，然后翻了一下身。也许她在睡梦中听到了我的话。是啊，真傻。我踩下刹车，突然飘来一股浓浓的花香。我打开车窗做了一次深呼吸，然后摇醒她。快闻闻这味道。没等我说完，对面一辆卡车亮着大灯向我们驶来。她闭着眼睛喃喃自语：哦，好香。

我们搬到了 T 市。同样一笔钱，在首尔只能租到十八坪的全租房，在 T 市却可以租到三十四坪的全租房。我坚持每天早晨跑步，刚开始五公里都跑不下来，后来跑十公里都不觉得太累。从我们家到 T 市唯一一所大学的正门，刚好十公里。如果哪天跟妻子吵了架，我就跑两个来回。妻子的体重超过了八十公斤。我提高了训练强度。为了加强臂力，我每晚都做俯卧撑，做的时候模仿某一广告中做俯卧撑的电池。我做俯卧撑时妻子说，你一定要比我多活几年。妻子说得对，我要成为电力持久的干电池。不过，把妻子抱起来时两条胳膊还是哆哆嗦嗦。很多地方都有楼梯，由于轮椅通不过，需要我抱着妻子上去。我爱出汗，平时都穿容易吸汗的棉 T 恤。

我们每周末去一趟剧场。妻子不坐我的车。我跟她解释过很多次，不是我的错，是那辆卡车的责任，它越过中央线才出了车祸。然而妻子就是不听我解释。没办法，我们只能步行去。还好有一家剧场离家不太远。这是一家老剧场，他们已经竞争不过时下流行的多厅影院，来的观众很少。麻烦的是，没有电梯。妻子倒是不操心这事儿。看电影的过程中妻子对我亲切有加，还喂我爆米花。我像被投喂的幼鸟一样一边侧着脸张着嘴，一边盯着银幕。

有一天我们看完电影，走下楼梯时，妻子给我擦着额头上的汗，说，咱们从下周开始就看影碟吧。我太累了，已经没力气回答，只好点了点头。推着轮椅回家的路上，妻子一直左顾右盼。我说，怎么啦？你知道吗？仅仅一个星期，世界就变得面目全非了，在你眼里没有一点变化吧？上个星期我看到的世界，现在已经没有了。人行道的地砖凹凸不平，我要用力推轮椅。下周末也来看电影吧，我一点不累。妻子把两只手往后伸，轻轻抚摸了我的手。

妻子开始减肥。奶油泡芙等零食全扔掉了，饿的时候就吃不含卡路里的爆米花。我看到妻子扔掉了她收集的九张比萨折扣券，就给她定做了新的水槽。

我常去后山散步。那是雨后的第二天，我看到又小又深的脚印。脚趾印清晰可见，看来有人光脚从这里走了过去。有些脚印还能看到脚板上的皱纹。我脱下了鞋，用自己的脚量了一下脚印的大小。比我的脚小。我踩着长长的脚印往前走。我走在山路上想起爸爸。他找到有甜味的草药了吗？我拔出路边的蒲公英根，放进嘴里嚼了嚼。很苦。太好吃了。我大声说。我的声音消失于夜幕徐徐降临的树林中。脚印突然断了，前方看不到任何脚印。

妻子坐在沙发上睡着了。我坐在妻子身边看完了她没看完的电视剧。哦，忘了看电视剧啦。过了一会儿，睡醒的妻子说道。我给妻子讲了电视剧的情节。我说那男主缺乏魅力。那是妻子很喜欢的演员。我们来回看两档节目。一个是脱口秀，据说请来的歌手在中国人气很高；另一个是情景喜剧。遥控器主要掌握在妻子手里。电视节目都播完了，我把妻子抱起来放到床上。你去散步这么晚才回来？妻子用困倦的口吻说。啊，在后山碰到了老虎。她仍用困倦的口吻说，真的？我没有回答妻子。因为我没有忘记我和她共同加入的那个同好会的第一规则。

不老少年

　　他在合同书上盖下章。这枚章就是为了这一天特意去刻的。三十三岁买房不是简单的事情。他看到合同书上清晰地印着自己的名字。金宇严。他第一次为自己的名字而感到自豪。宇严是他们街区的一家裁缝店的名字。他妈妈不在乎他叫什么名字。他遇到他妈妈时四岁。他比其他孩子个子小，看不出到底是几岁，说不定当时已经五岁了。他蹲在公共汽车站哭泣。那天，雨下了一整天。他浑身淋湿，在冷风中瑟瑟发抖。一位等公交车的大婶用手绢给他擦拭湿漉漉的头发。你叫什么名字？他回答不了。好像雨水冲走了他脑海中的所有记忆。跟我走吧。大婶拉他的手说。她的手暖暖的。他的嘴唇不再发颤。他们换了两次公交车，跟着大婶来到陌生的街区。风很大，刮翻了行人的雨伞。街边的立式招牌被风刮倒，碰到了他的腿。招牌上写着"宇严裁缝店"。他的名字就是这么来的。一年后，裁缝店的老板半夜跑路，还卷走了契会的钱。被骗的人愤怒地踢倒招牌。祝贺您。不动产中介所的人把合同书装进文件袋里说。他是诚实的人，这一切都不是偶然的。

　　房子还是那幢房子，可它的前后左右已经面目全非了。前面那片有田地的街区，现在变成了公寓小区。宇严裁缝店所属的那幢楼只剩下一半面积，另一半被征用，拿去修了马路。小卖店变成了小别墅。过去，那家店主手里成天拿着苍蝇拍。隔壁，还有隔壁的隔壁，现在都成了复式住宅。过去，这里的房子外观看起来都差不多。因为都是一家公司承建的。喝醉酒的男人们有时候还会走错门。如今只有他的房子保持着原貌。有个旧柜子被扔在院子的一角。柜门半开着，他打开看到里面铺着旧毯子。看来前房主用它做了狗窝。他踩着地面上长出一截的月见草草梗，在院子里转悠。他想不起以前苹果树的位置。

　　有一个天天喝酒的男子，此人就是房主。他和妈妈租了一间小房间。妈妈在排骨店做工。晚上，他抱着妈妈睡觉时能闻到一股牛肉味，闻着闻着就觉得饱了。他推开玄关门走进屋里，打开了窗帘，在阳光下看到门框上顺着木纹剥落的油漆。打开小房间，沉积已久的霉菌味儿扑面而来，很快沾染到他身上。身上有这种气味的人，都能心平气和地去听岁月的叹息声。他捂着嘴咳嗽起来。记得这个房间的地板非常暖和。全身淋湿的他，在这间房里披着毯子，吃了妈妈刚做好的饭。没有合适的衣服，他只能光着身子。现在还记得，贴着热炕的皮肤火辣辣的，他只能不停地挪着屁股。稍微修一下就行了。他看着比想象中小很多的房间，自言自语道。等过了几天，一点点扩散的霉斑会消失，地炕也会马上暖和起来的。

修房工看了一圈房子就摇头。

"这修起来没个头啊，干脆新盖一间吧?"

修房工把门推开又关上。然后从厅板的这一头走到那一头。错位的木板发出古怪的声音。修房工没有认出他，但他却一眼认出了修房工。在他小时候，这个男人修过他家的锅炉。当年这个男人还是一个身体壮实的小伙子，正在跟着自己的父亲学手艺;下巴有块很深的疤，思考重要的事情时会习惯性地摸那块疤;搅拌水泥的时候，修锅炉管的时候，常常停下来摸那块疤。听说他爸爸修了一辈子锅炉，常对他说，学好手艺，比什么都强。男人听从了爸爸的建议，后来就靠手艺吃饭了。

他选了淡粉色的壁纸。天花板用了深一点的颜色。裱糊是修理工的老婆来做的。修理工拆掉厅板，安装了地暖。新厅板是用樱桃色的原木做的，墙上打了石膏板，然后在上面贴上丝绸壁纸。完工后，客厅显得很亮堂。最用心的是厨房。根据妈妈的身高，厨台做得略矮一点，还安装了餐具清洁器和案板杀菌器。洗手间铺了防滑的瓷砖。浴缸是带按摩功能的。男人的爸爸只是一个锅炉修理工，而男人经过不断学习，现在成了具备多种技能的高级装修工。男人在修理房子期间在院子里搭了一顶帐篷；做饭用野营厨具，有时也从附近中餐馆订餐；睡不着的时候，把头从帐篷里伸出来，数天上的星星；用堆在院子里的废料生火取暖，冒出来的烟就飘到住宅区里。房子修好，男人要求的劳务费高于此前的约定。

"比预想的活儿多。"

男人的要求没有多少说服力。

"哪天我好好请你吃一顿补身汤。"

他把事前商量好的金额递给男人。男人接过钱，不满地说道：

"我不吃补身汤。"

他戴上了手套。那是高级品牌的皮手套。他把手套凑到鼻子上吸了一口气，感觉平静了下来。这种感觉消失之前，他打开门，最多用了五秒。身边的张，轻轻地哦了一声。玄关正面有一面大镜子，他走进屋里就看到了自己。他和张都不喜欢这全身镜。跟在他后面的张，随手把镜子翻过来，让它倒扣在墙上。假如有这么一个刑警，从不放过任何一点线索。那么这个刑警对一个犯罪分子每次都把镜子倒扣在墙上的心理，会做出什么样的结论？他看到张把镜子翻过来，不禁这样想。

客厅正中挂着结婚照。新娘子漂亮啊。张看着照片说。里屋隐隐散发着新家具特有的味道。婚房的好处还在于没有乱七八糟的杂物。他摸了一下还很新的柜子门把手。时下，新婚家庭中流行樱桃色柜子和大冰箱。这款冰箱正在大肆做广告："做女人幸福"。他从柜子里找到一个首饰盒，里面装着钻石、珍珠、蓝宝石等首饰套件。他留下珍珠套件，其余的都放进自己的包里。打开化妆台，发现里面有一对白金手镯，他只取出了一只。盗亦有道，偷东西不全偷，这是他们的工作原则，不然良心上过不去。张从另一个房间里出来，手里晃着白色信封。里面大概有五十万韩元。他估计了一下钻石能卖多少钱。

"好了，差不多了，走吧。"他说。

张点了点头。

他坐在沙发上看电视。据说这是有数十个频道的卫星电视。五个女子在跑步机上奔跑。画面左侧，闪烁的数字是跑步机的价格。女人给他买了高级皮手套，她的梦想是减肥。我喝水都能胖。女人每次吃东西前都说这句话。而他答道，好像是那么回事，现在你体重是多少公斤？他每次戴着女人给的手套"干活"的时候，都感觉她和自己是共犯。那种感觉不坏。他从包里取出钻石戒指。可惜，女人可能戴不上，也许能戴在小指头上。他这么想着，把钻戒放进裤兜里。他看了会儿跑步机上的女人，开始犯困了，他揉着睡眼惺忪的眼睛打起了哈欠。

张坐在饭桌前喝橘子汁、吃甜甜圈。冰箱里没什么吃的。张抱怨道。他进别人家总是犯困，而张总感到饿。张的计划是偷江南区的大伯家。张的大伯是富豪，继承了父母的全部财产，在首尔江南一带坐拥五幢楼房。张的爸爸因交通事故被医生判定为脑死亡。张去给大伯下跪，第一次也是最后一次向他求助，却被大伯一口回绝。大伯说，我从不把钱花在没有把握的事情上，你爸爸已经救不活了。最后，张亲手摘下了爸爸的呼吸机。张的大伯家配备了最新防盗设备。张梦到自己拆除报警装置，大大方方地走进大伯家，搬空两个保险柜。然而，张的梦彻底碎了。大伯的公司因资不抵债而被迫转让。张计划要偷的东西则全被贴了红纸条。

"上次我托你的事儿，你打听了？"

他向电冰箱那边走去。张吃完了甜甜圈，又在冰箱里翻找吃的。

"再等两天，马上有消息。"

张把脑袋伸进冰箱里说。张拿出香蕉牛奶，神经质地关上冰箱门。见鬼，没什么吃的。贴在冰箱门上的一张照片掉到地上。照片里一对年轻男女勾肩搭背，而背景是充满异国情调的大海。他捡起照片。张说得没错，新娘子的确能称得上大美人。或许，多年以后新娘子就不敢相信照片中的人是自己。他随手把照片放进内兜。他不知道这是哪个国家的大海，但很喜欢它的颜色。以后新婚旅行就去那儿。她太胖，可能穿不上泳衣。我该劝她减肥了。他嘀咕道。

他和女人出席了公寓楼的开工奠基仪式。三层建筑物和四层建筑物之间的那片空地，大概有一百多坪，摆了三十张桌子。桌子上挂着气球，入口处的横幅上写着："钻石建筑公司奠基仪式"。这家公司原来是名声很差的高利贷企业。他们发放房产抵押贷款，一旦债务人还不了钱，就通过胁迫等手段，以极低的价格收购当事人的房产。社长是有名的好色之徒。不过，女人能成为社长秘书，倒还要感谢社长的这个癖好。社长夫人很不满意他成天用色眯眯的眼神盯着属下员工，于是就把原属经理科的女人提拔为社长秘书了。女人胖胖的，眼睛小小的，颇受社长夫人的器重。

他拿出钻戒给女人看。不出所料，女人戴不上戒指。

"减肥再戴吧。"

女人没有一点被感动的迹象。咖啡不够味，蛋糕太甜。桌子上没有遮阳伞，她干坐着，表情很难看。何况，社长的讲话又臭又长。这不是求婚的好时机。女人开始吃第五块蛋糕，她说：

"嗯哼，这戒指是什么意思？"

他把上次从婚房偷来的照片给女人看。

"你说在这样的海边度蜜月好不好？"

女人抬手叫侍应生，又要了咖啡和蛋糕。

"我准备减肥。"

女人看着侍应生的背影说道。他看着女人嘴唇上的奶油，心想再去偷个新戒指可能比你减肥更容易一点吧！

"那我以后送你更漂亮的戒指吧。"

他一边在喝了一半的咖啡里加白糖，一边笑着。白糖能让他缓解紧张情绪。可心里还是发毛！他喝着很甜的咖啡在心里笑着。

"不，我不要戒指，等我减肥了找个比你更好的人。"

女人吃着第六块蛋糕说。直到奠基仪式结束，他没再说一句话。社长从女人的身边走过，拍了一下她的肩膀。传授他技术的一个前辈说，把偷来的东西送给女朋友，女朋友一定会离开你。不听老人言，吃亏在眼前，果然没说错。他回家的路上发现女人退回了戒指和照片。小气娘们。他朝地上吐了口水。几个穿着校服的女学生瞥了他一眼。

他在公交车车站坐了很长时间。怎么也想不起来当年自己为什么独自在车站里哭。那是下雨天，他也不知道自己为什么连一把雨伞都没拿。他随意坐上一辆公交车，一直坐到终点，然后从终点站又随意坐上一辆公交车，一直坐到另一个终点站。广播在进行有奖竞猜活动。问题很简单，他答对了五道题。一位主妇连胜五场，得到巴厘岛免费旅游券。主持人说，胜六场就能获得东南亚一周游旅行券，而胜七场就能获得欧洲旅行券。如果我胜七场拿到欧洲旅行券，就去找个新女朋友。他心里想着。他拿起手机拨通主持人说的电话号码。他还没把电话号码输入完毕，手机突然响了。找到了。张激动不已。

他坐在小杂货铺门口的椅子上，盯着对面的建筑物。那是专门生产电饭锅的公司。他看着一张照片。照片中的人是他弟弟。从照片的角度判断，应该就是在他现在这个位置拍的。照片中弟弟站在斑马线上，仰望着天空。张说他弟弟现在是这家电饭锅公司的研究员。他从钱包取出弟弟小时候的照片。年幼的弟弟穿着背带裤，站在滑梯边上露出羞涩的笑容。弟弟当时也就四五岁。照片上好像散发着似有若无的柠檬香洗涤剂味儿。弟弟胖了，看不到尖尖的下颌，然而凸起的额头、微微耷拉的眼睛，跟小时候一模一样。他等着弟弟，喝了五种罐装咖啡和三款青梅饮料。他一直忍着不去洗手间。

过了八点，弟弟跟其他五个人一起下了班。弟弟跟他们一起走进停车站附近的啤酒屋。从他的位置上，可以看到弟弟的侧面。弟弟站起来去洗手间，跟他对视了一下，但是没有认出他。弟弟笑的时候，习惯性地低着头，到现在也没变。喝一扎啤酒用时不超过十分钟。跟我一样爱喝酒。他想着想着不禁笑了。他喝酒的速度和弟弟保持一致。弟弟吃东西的口味也没变，还是那么喜欢吃香肠，其他下酒菜碰都不碰一下。刚过十点，他们喝完了。有的人坐出租车回家，有的人坐公交车回家，有的人走着回家。弟弟坐在停车站抽烟，一直看着他们全部离开。

"能借一下火吗?"

他跟弟弟借了火。仔细看，弟弟眼睛下方的痣不见了。弟弟坐上39路公交车，过五站下了车。下了车就走进十五坪的出租公寓。他坐在游乐场的秋千上，仰望着弟弟住的1106号公寓。很快，1106号的客厅亮灯了。

小男孩走过来坐到旁边的秋千上。男孩的妈妈推起了秋千。他跟孩子同步把秋千荡起来。两个秋千一致地荡来荡去。喀！男孩咳嗽起来。夜很凉。男孩和妈妈都没有穿外套。秋千每次往后荡的时候，他眼前就浮现起一个女人：她披头散发，身体每动一下就能看到脖子上的淤青。路灯的灯光落在滑梯上，滑梯的影子细细地落在女人的身体上，可脖子上的淤青还是清晰可见。喀！喀！男孩子连咳两声。他脱下夹克给男孩披上。把这个穿上吧。男孩的妈妈停下秋千，抱起男孩，头也不回就往公寓商铺那边走去。直到母子俩消失在商铺后面，他才起身离开。他走进弟弟家的那幢楼，按下电梯的按钮。

弟弟没叫他哥哥，手里拿着圆画片，一个劲地哭。妈妈抓过他的手放在弟弟的手掌上面，说，你们要好好相处。弟弟忘了自己的名字，只记得去年夏天去过游泳池。他问弟弟，你叫什么名字？弟弟就伸出五根手指。那你就叫我哥哥吧。弟弟嘟着嘴摇摇头。弟弟个子比他高。妈妈给弟弟起了个名字，叫泰严。"泰严"是妈妈每天晚上流着泪看的一部电视剧的主人公。他不喜欢泰严这个名字。电视剧里的泰严得了重病，只剩下几周的生命。不过一听到"宇严""泰严"，大家就知道他们俩是亲兄弟。这倒让他很开心。

弟弟喜欢苹果树。房东家的男人常坐在树下喝酒。邻居们说他老婆死后就游手好闲，除了喝酒什么事都不干。弟弟跟男人说过好几遍他去游泳池玩的事情：那次差点淹死，那次第一次吃叫热狗的东西，那次骑在爸爸肩膀上照相等等。可是男人几乎听不懂弟弟在说什么。男人很突兀地说道，这棵苹果树是我老婆种的。弟弟爱枕着男人的胳膊睡觉。我爸身上也有大叔的这种气味。

那是在苹果树花正在枯萎的季节，弟弟像过去一样枕着男人的胳膊睡觉。男人也睡着了。喂！喂！弟弟大叫。他看着蝲蛄从院子的一头爬向另一头，此时转头看弟弟。弟弟的脖子被男人的胳膊勾住，挣脱不开。快把我拽出来！弟弟的脚在半空中乱蹿。他为了让蝲蛄顺利通过院子，清除了树枝、小石子儿，假装没听见弟弟的叫声。弟弟开始用脚蹬起平床[1]。叫我哥哥。他头也不回说道。哥哥！弟弟被逼无奈。这是弟弟第一次叫他哥哥。他来到平

1　韩国老式平房的院子里搭建的木制平台，可供人在上面吃饭或休息。

床，想拉开房东男人的胳膊，可胳膊纹丝不动。他看到男人翻着白眼。弟弟看到他脸上惊恐的表情就大哭起来。起风了。时日无多的枯叶从树枝上凋落下来，盖在男人的尸体上。

弟弟的父母两年后找上了门。他们正在吃午饭，进来一男一女两个人，男的穿着藏青色西服，女的穿着紫色正装。他们刚一打开门就抱着弟弟哭了起来。弟弟没有认出带他去游泳池的父母。邻居们都来围观。哥哥，我不想走。弟弟拉着他的手哭了起来。妈妈！弟弟扯住妈妈的裙子不放。弟弟的亲妈抱着弟弟哭：我是你妈，是你亲妈。

是刚搬来的隔壁大婶报的警。有人将五箱洗涤剂作为乔迁礼物送了她，每个箱子上都印着弟弟的头像。她一眼就认出了弟弟眼睛下方的那颗痣。那年在全国范围内组织开展寻找失踪儿童的活动。包括弟弟在内的十五个孩子的头像被印在箱子上，散发到全国各地。弟弟被亲生父母带走后，他翻墙跳进隔壁家，发现玄关门关着。他把别针插入锁孔随便转动几下，门居然开了。门被撬开的声音很动听。黑暗中，似乎只有冰冷的金属物质才能苏醒过来。他屏住呼吸，等待那些隐匿在黑暗中的物体显现出自己的轮廓。不安的情绪顺着血管传遍全身，突然他感到脚掌发痒。他拆掉五个洗涤剂箱子，把它们全扔到地上。箱子背面写着寻找失踪儿童的文字。照片中的弟弟穿着第一天来的时候穿的那条背带裤。他把弟弟的照片剪下来，上面的文字和他所了解到的事情，有很多不一致的地方。姓不一样，名不一样，年龄、生日都不一样。

牛奶盒上也有失踪儿童的照片。他每天喝一杯牛奶。在喝之前会仔细看盒子上面的小孩头像，不过一直没看到长得像他的小孩子。他的个子倒是长高了。几年后，他在这一带孩子中是最高的。都是牛奶的功劳。

他久久注视着 1106 号。门铃好像坏了，门铃上贴着黄色胶布。他踢了一脚大门下方的牛奶投递口。哪位啊？屋里有人问。他吃了一惊，倒退一步。他听到屋里有人说话，哪位？这一次，声音离他更近了。

"泰严!"

他喊了弟弟的名字。

他弟弟一脸茫然地看着他。

"您说这是什么意思？"

弟弟把手里的照片放在桌子上。其中几张照片被桌子上的水渍弄湿了。这些照片是他在房子修理完工后拍的。过去，冬天厅板凉得不敢光着脚走，现在仅仅从照片上看都能感觉到它很暖和。他拍浴室的时候，打开水龙头让热水流出来。当然，谁也不能从照片中看出那是热水还是凉水。他把照片一张一张收起来，把沾水的照片在裤子上蹭了蹭。

"眼睛下面的痣除掉了吧?"

他指了指弟弟的右眼下方。

"我本来就没有痣啊。"

弟弟冷漠地说。但他已经注意到弟弟的右眼下方有淡淡的痕迹。

"这是小学时弄伤的，我同桌用铅笔扎……"

弟弟的很多记忆错乱了。弟弟把死在苹果树下的房东家男人当成了妈妈的丈夫。弟弟已经不记得自己从前喜欢黏着那个男人。

"那个男人勒我脖子的噩梦长久地折磨着我，你知不知道?"

弟弟一边说一边摇头，好像害怕噩梦重来似的。弟弟裤兜里的电话响了。铃声是他熟悉的乐曲。弟弟没接电话。

"他只是……隔壁大叔而已。你还特别喜欢人家。"

然而，他的话被电话铃声淹没了。他想把手里的一沓照片放进夹克兜里，可是拉不开拉链。

"妈妈想见你。"

他话音未落，电话又响了。

"说了多少遍，别打电话。"

弟弟对着电话吼道。然后神经质地合上手机盖。弟弟的眼角在颤动。

"那个女人没有把我交给警察。我的父母找遍了孤儿院，她却把我藏了起来。她没打算把我送回家。"

弟弟的脸上出现了红斑。弟弟把手放在胸口深吸了一口气，接着就郑重地向他鞠了一躬。

"请慢走。"

他缓缓地穿上鞋。玄关没有全身镜，所以他看不到自己。如果这里也有全身镜，他会像张一样把它倒扣在墙上。他转过身，手放在弟弟的肩膀上轻轻地按着。

"我就拜托你这一次。"

他要求出院时医生并没有劝阻。这位医生是高个子，跟患者说话时微微弯下膝盖，让自己的视线和患者对齐。妈妈很喜欢这位医生。

"老妈妈，您请慢走。"医生握着妈妈的手做最后的道别。

"我要有个女儿，就招你做女婿了。"

妈妈用手抚摸着医生的后背做最后的道别。他也向医生鞠躬致谢。

他从车上下来，把妈妈背起来。妈，抓紧。他有意放慢脚步，喘着粗气往前走。挖掘机正在拆除房屋，到处是灰尘。他妈妈把脸埋在他的背上。他努力回忆曾经住在这里的邻居们。他努力想那些房子的主人，可是怎么也想不起来。哦，这儿，我想起来了。这是不是算命奶奶的家？我记得这家有一个女孩子，跟我差不多大。妈妈睡着了，打起呼噜。他的后背感受到微微颤动。

"哎哟，妈妈，您怎么这么重啊，累死我啦。"

他走到家门口停下来。

"对——不——起。"

妈妈醒过来，缓缓说道。这句话他等了很久，从眼睛里滴下几滴眼泪，可是很快就被风吹干了。

厨房是根据妈妈的身高设计的，对他来说就太矮了，只忙了一小会儿就腰酸背痛的。他先做了一盘粉条拌菜。炒菜、煮粉条就花去一个多小时。又做了煎鸡蛋香肠。小时候吃过的粉红色香肠很少有卖的。他坐出租车去大型打折超市买了香肠。他把秋刀鱼罐头切成片，放进泡菜汤里，然后做了白米饭。白米饭里没有放其他杂粮。他也没忘记给妈妈准备米粥和海带汤。终于，门铃响了。弟弟带着一篮水果来了。

"妈，泰严来了。"

他打开了内屋的门。才几天屋里就有酸味了，弟弟抽了抽鼻子。他堆了好几个枕头，垫在妈妈的后背上，让她的身体略倾斜地坐着。

三个人围坐在饭桌旁。妈妈说因为屁股上没有肉，坐久了就疼。他给妈妈的椅子上放了三层坐垫。

"多吃点。"

妈妈抚摸着弟弟的后背说。

"好啊!"

他替弟弟大声回答。

香肠的味道跟小时候不一样，每一口都能感觉到浓浓的人工添加剂味道。可能煮的时间太长了，粉条都坨了。弟弟不夹菜，只吃米饭。妈妈老是打嗝。饭勺磕碰碗口的声音特别清晰。他突然想起他们三个人一起吃饭的那个夏天：电风扇在转，菜是鸡蛋卷和煎鳗鱼，还有海带凉汤。大白天妈妈为什么没去上班? 苍蝇在饭桌边飞来飞去。苍蝇落到鸡蛋卷上，弟弟说，苍蝇也想吃鸡蛋卷? 妈妈笑了。他用饭勺扇走了苍蝇。几只苍蝇在飞来飞去。弟弟的汤碗里掉进一只苍蝇。他拿着勺子，哽咽起来。苍蝇的翅膀湿了，它扇动着翅膀垂死挣扎。越是挣扎，苍蝇的翅膀就越发沉重。他说，苍蝇也想喝汤吧？弟弟和妈妈都没有笑。妈妈把自己的那碗汤推到弟弟面前，把弟弟的那碗拉到自己面前，她从汤里捞出苍蝇，扔到院子里，然后若无其事地大口喝汤。

"妈，那次一只苍蝇掉进泰严的汤里，您还记不记得？"

弟弟瞪着眼睛看他，一脸疑惑，不知道他在说什么。妈妈放下勺子说道：

"那不是泰严的汤。"

他和妈妈相视一笑。

"我记得院子里有一棵苹果树。"

弟弟突然开口说道。他指着院子右边那一方说道：

"大概是那儿吧。"

弟弟转过身看着他指的方向。上次搭的帐篷还在原位。

"我打算在那儿挖个荷塘，你觉得怎么样？"

转头看着院子的弟弟动了动嘴唇，但是听不清在说什么。

"你们在讲什么……哪里有什么……树？"

妈妈把水杯推到他面前。他往杯子里倒满水。

"有的……"

他和弟弟异口同声说道。妈妈喝下一口水，马上皱起眉头。那是灵芝熬出来的。

他洗碗的时候，弟弟在院子里踱步。时而靠在墙上，时而在地下室台阶上爬上爬下；还爬进帐篷里躺一躺。妈妈睡得很深，摇都摇不醒。弟弟走出大门时，他冲弟弟的后脑勺说：

"只要你愿意，可以住在这里。"

弟弟头也不回地匆匆忙忙走出胡同。

他在床下面睡觉。妈妈轻轻打着鼾。不开锅炉，房间也很暖和。他做了梦。下雨天，他站在斑马线上哭。他不知道该往哪里走。风一刮起来，全身不禁瑟瑟发抖。这时候，有人抱住了他，说，这些天你去哪儿了？我爱你。耳朵里感到暖暖的。他睁开眼睛。不知道妈妈是什么时候从床上下来的，蜷着身体躺在他的身边。妈妈每一次呼吸，他的耳朵都感到暖暖的。

他戴上皮手套，把手套贴到鼻子上，深吸了一口气，心情平稳了。撬门只用了不到五秒钟。说要再联系的弟弟一直没有消息。手机也是别人接的。他打开玄关门时想，回头要建议弟弟换个门把手。他打量了一眼客厅，挠了挠后脑勺。客厅跟上次完全不一样。他跑到外边确认了一下门牌号，没错，是 1106 号。他记得很清楚，客厅有一张沙发，他还在沙发上喝了咖啡。代替沙发的是一张大号坐垫。客厅墙上挂着全家合影。照片中，一个妈妈把手放在孩子的肩膀上，而孩子则看着自己手里的气球。爸爸开怀大笑，似乎对一切都感到满意。鞋柜上挂着黄色的学园书包。金敏智。书包上印着三个大字：金敏智。他看着照片。敏智、敏智地叫了几声。手里拿着气球的孩子，好像在冲他笑。

刚搬来的这家人家务活干得马马虎虎。电磁炉边上，留下了煮汤时溢出来的污渍。厨台上，早餐时用的餐具随意放着。打开冰箱门看到小菜盒都没有盖上。他从后裤兜拿出螺丝刀，固定住了松动的橱台门。他打开了电磁炉。在煮菠菜汤的工夫，他把冰箱里的小菜都摆到饭桌上。饭菜比想象的要好吃一点。他吃了一碗，又吃了一碗。吃完了，他没有收拾饭桌。他掏出准备送给弟弟的信封。他在信封上写上"这是饭钱"。

游乐场只有一个男孩子在玩。他坐在长凳上看着玩耍的孩子。男孩子在塑料瓶子里装沙子，然后爬到滑梯上，把沙子全倒在滑板上。沙子滑落到下面。这个孩子就是那天晚上跟他一起荡秋千的男孩。这个天气，男孩穿得有点薄，他朝周围扫了一眼，没看到孩子的妈妈。

"你叫什么?"

男孩没有回答。

"几岁了?"

男孩没有回答,正在专心地往塑料瓶里装沙子。孩子每动一下就露出细小的手脖子。他抓住男孩的手脖子。啊!男孩子叫道。他抱起男孩就跑起来。他在男孩耳边说,叔叔不是坏人。男孩哇哇大哭。孩子的眼泪掉在他的肩膀上。眼泪是热的。

慢走，再见！

　　滑雪场没有人。她们扛着绿色雪橇向坡顶爬去。这个滑雪场有点简陋，就是把一段小斜坡围起来，中间铺了一点雪。走在前头的 O 一脚踩空。小心点啊。走在后头的 H 扶住 O 的腰说。为了防止脚滑，坡道上铺了木阶梯，可是现在木阶梯上面落了一层雪。这就更危险了。什么滑雪场，这么差劲！K 穿了皮鞋，比其他人走得慢，不停抱怨。谁叫你穿皮鞋的。W 等着掉队的 K 说。K 走近了，W 伸出手。K 白了一眼 W，然后抓住了她的手。

　　她们坐在雪橇上望着下面。透过树林看到一幢幢原木房子。H 指着烟筒里冒烟的那幢房子说，那是咱们住的房子吗？三个人异口同声地说，对。只有一幢房子的烟筒在冒烟，看来只有她们这一批客人。今天是今年最后一天，大家都去海边看日出，谁来这种地方迎接新年啊？

W 环顾着周围的山丘说道。过去，她们也去东海看日出，在浦项的虎尾串迎来她们的二十二岁，在正东津迎来她们的二十五岁。日出时她们虔诚地许了愿，当然，所有的许愿都没有实现。去年，她们在通信公司举办的抽奖活动中了旅行券，坐夜班客车进行了一趟通宵日出旅行。到了地方她们才知道，原来在西海也能看到日出。当日，乌云密布，太阳一直躲在云层里不出来。回来的路感觉很漫长。她们在休息站吃年糕汤时噎住了，在车上把吃进去的全吐到塑料袋子里。此后她们四个人，只要一提到日出就感到头晕。再说，她们也已经无愿可许了。那房子肯定很暖和。O 把手背过去揉着腰说。

咱们比比谁最快？

好啊。

赌什么吧？

嗯……谁赢了谁说了算。

好吧。

出发！W 大喊，接着用脚往地上一蹬，冲了出去。后面的几个朋友这下才明白过来，跟着 W 动起来。由于反复冰冻融解，地面的雪粒非常坚硬。H 的雪橇翻了，面部撞到硬邦邦的雪堆上。上学时就颇有运动天赋的 O 身体后仰，全速前进，不过最终还是没能赶上抢跑的 W。

我赢了。W 到了终点，挥动着双拳高喊。最后一个到达的 K，脱下皮鞋给大家看，嘟哝道，你们看看，鞋跟都掉了。这鞋还挺贵呢……K 噘着嘴。W 把雪球扔到 K 身上。

夜晚早早来临。太阳落山后，时间过得很慢。她们在地板铺上报纸，围坐在一起烤五花肉。打开包才发现东西带错了。两个人带了五花肉，另两个人带了烧酒，却没人带米和泡菜。还好，如果我们带反了可就更糟了。她们一边喝酒，一边自我安慰道。客厅的窗玻璃上映出她们的脸。她们朝着自己和其他人眨眼放电。一共十人份的五花肉都吃完了，一点没剩，一打嗝就冒出猪肉味。确认盘子里没一块剩肉，她们就躺在地板上开始做仰卧起坐。不想去散步吗？她们来到屋外，发现比想象的要冷。天太黑，都看不清身边的朋友。啊，好冷！她们在原地跳了几下就回到屋里。

浑身软绵绵啊！有人说。是啊。有人回答道。房间太暖和，感到闷热。她们一个一个醒过来，踩着同伴的脚去厨房大口喝凉水。她们睡的时候下了雪，但很快融化了。气象厅的天气预报出错了，乌云散去，天气放晴了。如果她们这次去海边旅行，能看到十年来最清晰的一次日出。

H 的手机响了。她的手机闹钟设置为六点钟。H 从包里拿出手机，打开盖子又合上。你起得可真早。K把被子盖过头顶，含糊不清地说。三十分钟过后，O的手机又响了。抱歉！忘了关闹钟了。O一边道歉一边站起来。你脸上有淤青啊。O伸着懒腰，笑着指了指打哈欠的H。K拉下被子看H的脸。H来到客厅找镜子。这面镜子很大，够她们四个人一起照。还真是的。雪橇翻倒时，H的脸碰到地面，紫了一块。可是……W去哪儿了？在屋里，O和K异口同声地问道。H从镜子里看到窗外的风景。半夜下的雪都融化了，没留下一点痕迹。起风了，挂在窗户上的风铃发出微微的响声。H做了一次深呼吸，然后缓缓转过头去。天呐！H用手捂住了自己的嘴。出什么事了？几个人从里屋跑出来。W躺在地上，四肢瘫软，风从她身上刮过。O闭上了双眼。K瘫倒在地上。

　　昨天晚上有没有特别的情况？警察分别向她们问了同样的问题。没有啊。她们一致摇头说。她没理由自杀。她已经做好了计划，开春去蟾津江赏梅花，攒下零花钱吃龙虾；而且，她弟弟夏天就要结婚了。何况，她妈妈刚做胃癌手术，大有好转，正准备出院呢。O对眼睛充血的警察说道。我们还有很多事情要做，肯定出了什么事情。H从W的包里拿出手机，想给W家里打电话。可是她无论如何也想不起W家的电话号码，她倒是想起了高中时的

W。W喜欢模仿历史老师的嗓音，逗同学们开心，学得惟妙惟肖。W的手机屏碎了。H长按"1"键。由于手机黑屏，她不知道拨打的是谁的电话。接电话的是W的弟弟。H不知道究竟是自己的声音在发抖，还是手在发抖。她的眼泪滚落到手机上了。

W的葬礼显得很寒酸。警察很快得出自杀的结论。根据警方调查，W有充分理由自杀。为了治疗母亲的病欠下三千万韩元的债务，她用五张信用卡以拆东补西的办法勉强还债；准备跟她结婚的男朋友背叛了她，她有段时间还因此患上了抑郁症。警察的最后结论是：弟弟结婚的消息，让W想起前男友给自己留下的痛苦记忆。她们不相信警察的结论。O债务比W还要多，K被前男友骗了，H在二十岁那年同时失去了双亲。当时，给她们最大安慰的是W。葬礼结束后，她们回到家里，关掉手机，拔掉电话线，躺下来就睡，睡了很久很久。

*

W的葬礼结束后，O回到家里睡了三天三夜。醒来后，她意识到自己已经很久没有睡得这么甜了。这让她感到很愤怒。而且，这三天三夜没做一个梦。O自从住在地下室里，睡眠时间就变长了，早晨起床晚，经常上班迟到。每次被上司批评，她就把责任推给那间不带窗户的地下室。她甚至建议失眠的同事们住到不带窗户的地下室里。从前，O也有一个带大窗户的房间，每天早晨被刺眼的阳光弄醒。O的哥哥向她保证，三年后还她三倍的借款。说好的三年很快过去了。O的长处是，该忘的事情马上忘掉。现在，她能正视哥哥的眼睛，并面带笑容。

O无故旷工，经理课的课长很生气。喂！你这是第几次啦？再这样下去，你干脆就别干了。手机录下了经理课课长的话，一共五段电话录音。O在自动贩售机制造厂上班。过去从没有请假，工作量大的时候星期天还要加班。有时候迟发工资，她也没表示过不满。课长儿子周岁宴，她也没少出过一次份子钱。课长有四个儿子。O把电话打到公司大吼：你们还有没有一点良心，你们就不问问人家是不是不舒服？这样，O从干了七年的公司辞职了。对方挂了电话，O仍对着听筒大骂不止。她好像理解人为什么要说脏话了。她感觉到一直卡在食道里的块状物一下子就滑落到小腹中。O跑到洗手间痛痛快快地拉了一泡屎。折磨她十年的慢性消化不良和便秘被一扫而光。肚子饿了。O蹲在坐便器上握紧双拳，对，得吃点什么了。

O朝新建小区走去。家具店挂着条幅，上面写着本店商品打折销售。吃寿司还是吃刀切面？她犹豫了一下。光想想热腾腾的鳗鱼汤面，她就感到全身暖呼呼的。寿司专门店的入口处写着：午餐精选，一万韩元无限量提供寿司。一想到寿司，她就满口生津。最终，O还是走进了寿司店。

寿司味道很好，吃了五碟她还没饱。味道怎么样？寿司店店长问她。怎么说呢……她没把话说完。店长不安地眨眼睛。我闹着玩的，非常好吃。O笑着说，店长把右手放在胸口长舒一口气。谢谢。欢迎常来。我以前不太喜欢吃腥的，现在口味好像变了。O用手夹起寿司说。店长回到厨房拿来了温热的清酒，一边给她倒酒一边说，这是赠送的。以前我也不喜欢吃海鲜，谁能想到我会开寿司店啊。

店长看着O喝下清酒，然后走到另一张桌子。店长正在给客人讲解寿司的种类，O向店长点头致意，朝外边走去。也许是酒劲上来了，感到全身暖和起来。走着走着，暖和的气流集聚到了小腹。O看到一幢楼就跑进去找洗手间。楼里的洗手间都锁了门。她在洗手间的门口骂道：开着门能死啊！最后她总算找到了开着门的洗手间。O开心得竟哼起了歌。O又痛痛快快地拉了一泡屎。一天上两次洗手间，真是奇迹啊。O擦着手嘴里念念有词。

出去的时候，洗手间的门推不开了。不知道是不是坏了，门把手转不动。她敲了门，没反应。她背靠着门，环顾洗手间。洗漱台上贴着一张纸："招清洁工"，还有电话号码。纸上沾了水，数字有点模糊，不过仔细看还是能看得清的。接她电话的人一直在笑。不知道这有什么好笑的。好好……我又不能用嘴给你开门。他们修门把手的时候，她蹲在地上看瓷砖上的鞋印。O说，请问，刚才接我电话的那位在外边吗？有人应了一声。在。请问，你们招到了清洁工吗？O的声音在空荡荡的洗手间回荡。嗒。水滴从洗漱台滴落下来。

这幢五层楼共有十个洗手间，O的工作就是每天打扫两遍。楼房业主还要求把走廊和楼梯也一并打扫。O在早七点和晚七点开始工作，每次工作三小时。工资虽然不高，但有一个好处，白天她有大把的时间。倒进清洁剂除掉坐便器上的顽固污渍，让她获得一种成就感；每次用拖布擦掉瓷砖上的鞋印，自己的心情也跟着舒畅了。她看到楼梯下面亮晶晶的防滑地砖，自己都觉得来劲。

过了几天，三楼的幼儿园园长来找O，说，我们幼儿园孩子不多，你帮着做点午饭就行，孩子们自己都带着饭盒，也不需要清洗碗筷。O点了点头。结束早晨的清扫工作，O就去幼儿园做午饭。小脸胖嘟嘟的孩子们吃饭的模样，让她的烦恼一扫而光。周六不用做午饭，O便去采购一个星期的食物和用品。O从书店买来料理书籍，开始学习关于营养成分和卡路里的知识。

O手上出了湿疹，工作时长靴里常常进水，到了晚上，脚肿得像猪蹄似的。凌晨一点左右，小腿肚子抽筋，爬起来按摩一会儿，就再也睡不着了。O两手插进裤兜，大半夜在路上走啊走。走累了，就坐在公交站点愣愣地望着大楼。O在便利店吃着碗面，等待天亮。便利店总是灯火通明。O想，便利店比公交站点好，这里暖和多了。一个女人在收银台边打着哈欠。O问她，这里要不要员工？

坐在收银台边的是店长。她用离婚时得到的一笔抚慰金开了这家便利店。店长给她倒了一杯热饮料。饮料不是免费的，要付出一点代价。这个代价就是她要听店长的一通牢骚。你瞅瞅我这脸，晚上睡不了觉，皮肤都成什么样了。O伸长脖子，看了看店长的脸。一个四十岁女性，皮肤状态还不错。请不到一个能让我放心的人。那就拜托你了。店长又伸了下懒腰，打了一个长长的哈欠。O也跟着打哈欠。

O到文具店买了厚点的图画纸，在上面画了一个圆。她做了一个小学时用的那种生活计划表。早七点到十点打扫；下午一点前做完幼儿园午饭；睡到下午六点；晚七点吃晚饭；晚十点前结束打扫；晚十二点前在便利店仓库睡觉。晚十二点到早七点在便利店打工。她把生活计划表往墙上贴好，觉得自己是一个十分诚实的人，不禁骄傲起来。她给哥哥打电话说，等你还钱还不如我自己挣。O的哥哥在电话另一头抽噎起来。

那你什么时候睡觉啊？经常有人这么问O。抽空睡呗。她没好气地说。

过了几个月，便利店的店长送她维他命，幼儿园园长要给她介绍高明的韩医院。你快照照镜子吧！大家见到O都这么说。她不知道为什么大家都这么说。她一点都不觉得累，不过偶尔在收银台算钱的时候，两腿会突然感觉软绵绵的。碰到这种情况，她就去寿司专门店大吃一顿寿司，吃到让主人亏本。O不再看电视，所以就把它报停了，现在一个月的电费也减少到五千韩元。

*

H把邮件分别装入四个箱子里。箱子上写着楼房名字。今天需要送达的邮件比往日少一点。嗯，四个小时能送完。H看着装在箱子里的邮件，心里估摸了一下。H

从四年前开始做邮件配送员，此前从没有在公司上过班。父母在一起交通事故中去世，H得到的遗产是一间十八坪的房子。生活上一向严谨的父母买了不少保险，像什么生命保险、年金保险、汽车保险等等。H的账户里存入了数目不小的理赔金。H是独生女，也没什么人跟她争遗产。亲戚们都说是不幸中的万幸。H后来就没有再跟那些亲戚们来往。

配送前，H先吃了午饭。她用鳀鱼和海带煮了汤。煮汤的工夫，她用擀面杖做了面条。面是早上已经和好的。一个人吃饭也不能将就！她好像能听到妈妈的说话声。洗了碗筷，去洗手间刷牙，把箱子搬上手拉车，她向挂在客厅中间的全家福行礼，说，我去工作了。

父母去世后，H常常想起父母平时爱唠叨她身上的一些小毛病。她决心改掉那些毛病。不再吃速冻食品，吃完东西马上刷牙，用过的碗碟绝不堆在厨台上，剩下的汤都倒掉，做米饭添杂粮。一向严肃的爸爸看不惯她睡懒觉。H早上六点按时起床，学爸爸的样子在阳台上做体操。听完音乐把CD乱装盒子里的毛病也改了。三天打扫一次洗手间，每周整理一次冰箱。要改掉旧习不是一件轻松的事情。她看着镜子紧咬嘴唇，嘴唇都快咬破了。每成功改掉一个毛病，她就看着相片中的父母说，好了吧？可以了吧？满足了吧？这样过了几年，H睡觉时爸爸妈妈就来找她。他们在她耳边悄悄地说，是的，我们对你很满意。H在睡梦中感到耳朵发痒，不禁笑了。第二天，H给十家公司发了求职信。

玫瑰楼四栋301号房子里没有人。H让门卫签收邮件，然后在玄关门上贴了一张纸条："邮件交给了门卫大叔，您自取吧。"也许明天收件人就会在门上贴一张纸条表示感谢。H从没有见过301号这家人，不过去年圣诞节，他们还送了她礼物。他们也像H一样把礼物放在门卫那里。妈妈，我虽然没见过他们，不过他们人可好了。走出玫瑰公寓楼，H抬头看了天。北京饭店在彩虹商住楼里，饭店的老板跟爸爸同名，他身上有一股熟油的味道。她想吃炸酱面，想吃八宝菜，北京饭店周围肯定流动着刺激饥饿感的空气。H看到老板的大圆肚子就咽下了口水。如果现在爸爸还活着，肚子也该那么大了。所以啊，要做运动。H的脸上浮现起微笑。彩虹公寓楼前面坐着一个女人，平时她手里总拿着白色拐杖。她是204栋106号的住户。H坐在女人的旁边。女人说，您好，今天有我家信吗？没等H开口，106号的女人也能猜得出是她。女人说，H身上散发着一种气味，很像夜幕降临前风的气味。

我看看，哦，今天没有，明天会有的。H一边佯装翻找箱子里的邮件，一边说。嗯，我也感觉到了，我家明天会收到一个包裹。女人轻轻摇着头说。

地上有一顶皮帽。有个孩子穿着直排溜冰鞋，从它上面一跃而过；大婶挎着购物篮，无意间踩着它走过去；一位头发半白的老奶奶推着婴儿车路过，看到它停下脚步，留心地看，她拿起帽子，在看帽子干净不干净。H 像直播体育比赛似的，给 106 号女人解说路人的举动。老奶奶拿着帽子，环顾了一下周围，然后走到绿化树那边，把它挂在垂下来的树枝上。帽子被风吹动了吗？帽子的主人来找就好了。女人把双手握在胸前说。

校车来了。女人说着就站起来。女人说对了，幼儿园的校车正在驶入小区。女人听听发动机的声音就知道那是校车、私人车辆还是普通公交车。小孩子刚下车就跑进女人的怀里。妈妈，听我说……小孩子刚下车就叽叽喳喳说了起来。H 看了好一阵这对母女的背影，留着短发的女儿挽着盲人妈妈回家。H 一直看她们母女二人走进楼里，才匆忙赶回家里。爸爸妈妈在等着她的那个家。

H 的手机里没自己家电话号码。买手机的时候，她才意识到家里只剩下了自己。H 长按"1"键。电话没有打出去。对 H 来说，"1"是空号。H 从兜里拿出 W 的手机，她忘了把它交给 W 的家人。手机天线上有被咬过的牙印。

她把 W 的手机夹在自己的充电器上。红灯亮了。不要抹掉记忆。这是 W 跟 H 说的。那是 W 帮 H 擦拭客厅里的全家福时说的。一个人只要留在别人的记忆里就永远不会死。所以，你不要忘记你的父母。H 用手机发了一条短信：晚上吃安康鱼汤。马上，W 手机嘟的一声，响起了短信提示音。

天气渐暖，阳台上的花开了。彩虹公寓楼的那位盲人妈妈怀孕了，再过几年，她将两边各挽着一个孩子在街上行走。除了这一点，生活并没有变化。H 仍按时起床，吃好每顿饭，没有送错过邮件。邮件送晚了，有的住户发点火，她也笑脸相对。只是比从前更爱自言自语了。

*

在高中二年级那年，她们成了朋友。一年级时便同班的 O 和 H，刚开学不久就成了好姐妹，经常黏在一起。暑假结束后 W 加入了进来。本来，O 和 H 经常为了鸡毛蒜皮的事情争吵不休，W 刚好在两个人中间起到了平衡作用，所以她们没有像其他女孩子那样相互嫉妒。K 双手抱在胸前看着窗外。一群孩子背着黄色学园书包走了过来。她们号称三剑客，但 K 已经不记得她是怎么跟她们交上朋友的。

老师好！孩子们向 K 敬礼。你们好。K 抽出手朝孩子们挥了挥。这个孩子右眼角上有缝合的疤痕，他看到 K 便露出惊讶的表情，也不向她敬礼，便匆匆跑进教室。这孩子以前没见过，他是谁啊？K 问后面跟来的辅助教师。今天新来的孩子，孩子的妈妈挺担心的，说他缺乏社交能力，很害羞。K 让孩子们背诵上一阶段学习的九九乘法表。全班学生都在念念有词，只有那个刚来的孩子闭着眼睛紧闭双唇。不会吗？K 问道。孩子睁开了眼睛。K 感到心头一紧，后背发凉。她很肯定，孩子的背后有一片淡淡的阴影。今天咱们来学第四段好不好？K 的声音在发抖，额头上渗出汗珠。

K 也不知道是从什么时候开始的，她发现自己能够完整地共情别人的悲伤。有一次下班回家的路上，K 坐在公交车司机的后面。她看到司机的背上有黑色的物体。她不停地揉眼睛，最后眼睛都快揉充血了。此后，她就常常看到身上背着影子的人。她去看眼科，说自己看到了幻影。

那个在公交站点卖烤饼的大婶背上也有影子。去年夏天大婶家的房子着火，家人都死了，只有她活了下来。由于负罪感，大婶冬天不烧炕。K 的眼前浮起身上背负着阴影的人和他们过去的悲伤。这是不应该的！K 每次都狠狠地甩头。

K看到一些人的身上有特别浓重的影子。比如那位在市场胡同卖野菜的奶奶。由于佝偻着身体，她的影子显得特别沉重。奶奶的老伴被儿子杀了，被杀的原因好像是老头子常年的家暴。奶奶想起被判无期徒刑的儿子，嘴里嚼着胡萝卜强忍泪水。这位奶奶巨大的悲伤让K无法承受。比K的身躯大数十倍的黑影，在向她逼近。她瘫倒在地上。扛着悲伤生活于世的人何止千万。最严重的时候，她一个星期昏倒过三次。其中几次，摔破了头，拉伤了手腕韧带。后来，只好让她妹妹陪她上下班，幸好，在幼儿园，孩子们的身上看不到阴影。

那个眼角下有伤疤的孩子从校车上走下来，站了一会儿。跟他一起下车的孩子们都回家了，可他还在原地左顾右盼。妈妈还没来吗？K拉住孩子的右手说。孩子点了点头。在文具店门口，孩子突然停下脚步。K往游戏机投进一百韩元的硬币。打一把再走吧。孩子的飞机很快被敌人的子弹打爆了。

孩子住在一幢破旧的两层楼房。摁下门铃，从屋里传来他妈妈的大嗓门：怎么这么晚才回来？孩子妈妈长得很像K。说咱们是姐妹肯定会有人信。孩子的妈妈开起了玩笑。他妈妈说话时显得很开朗，一旦沉默下来立刻就愁容满面。她扛在身上的阴影比孩子的沉重。拜托您啦。她们恭敬地道别。

K在孩子家的门口不停地踱步。她总算想起了自己跟W是如何成为朋友的。当时流行一款知名品牌推出的室内鞋。除了那几个偶尔来上课的篮球运动员，同学们在教室里都穿这款鞋。有一天同学们准备上操场，都忙着换鞋。这时W走过来对K说，你这鞋是冒牌货吧？说完她让K看自己的室内鞋。其实，我这也是冒牌货。就这样K跟她们成了朋友。

入夜了，孩子的妈妈来到屋外，K在后面跟踪。女人站在小学的操场上。她先是在原地做了一套体操，然后开始绕着操场跑起来。对啊，做运动可以消消气嘛。K坐在长凳上看着女人跑步的身影。月亮悬挂在教学楼屋顶的国旗升旗台上。K压低了帽子。右手拿着石块。K揉一揉脚腕，活动了几下膝关节，然后向操场跑去。您好。K对跑在前头的女人说。当女人回头的时候，K用石块砸了她的头。女人的头上喷出了血。不管你心里有多少怨气，也不能向孩子发泄！K的话让女人哆嗦了一下。她能从镜子里看到自己身上扛着的悲伤吗？K对这一点很好奇。而K自己仍是那个穿着冒牌室内鞋的高中生。那是一双永远脱不下的鞋。W早就看清了这一点。

拜托，离我远点！

K擦着手上的血迹，喃喃自语道。云在移动，遮住了月亮。黑暗越来越浓了。重重叠叠的黑暗，向K压迫而来。

*

向左转。O一边看着地图一边说。你早说呀。H一脸嫌恶地说。车停在双车道上，这里不能左转弯。O把头伸出车窗外。没有警察。别磨蹭，快左转！O话音刚落，H就急忙左转。嘟。后面的车按响了喇叭。嗨，真讨厌，烦死了。O嘴里嘟嘟囔囔着摇上了车窗。这条道我以前好像来过。你不觉得吗？H开着车小声说。你说什么？大点声说，臭丫头。O把手里的地图扔到后排座，然后就闭眼睛睡觉。真想住这样的小区。哇！那房子也漂亮。H的嘀咕声被O的鼾声掩盖住了。

K坐在医院大堂等朋友。她通过窗户看到一辆眼熟的车驶入医院。那是H的车。从前，她们经常开这辆车出去玩来着。K挥了挥手。朋友们从车上下来才看到K，也一起挥了手。

好久不见。

是啊，好久不见。

挺好的？

嗯，你们都挺好的？

H拉住K的右手，O拉住K的左手。K的两只手上下甩动。

在草地上铺上席子，三个人坐了下来。阳光灿烂，但风还是有些凉意。食物是H准备的。餐盒分三层，里面装满了菜肴。你可真会做菜啊。好吃到讨厌。O说着连连把菜夹起来。H狠抽了O的手背。不是做给你吃的。H把菜推到K的前面。我没关系，在这里吃得也挺好。我的胃没出故障，就是这里出了故障。K用食指指着自己的脑袋说。

两个工人吊挂在建筑物上。他们在清洁医院的玻璃窗。O看着已经擦干净的玻璃窗。玻璃窗上云在流动，树木在摇晃。洗手间容易脏，O还真想尝试一下清洁玻璃的工作。H看着吊挂在建筑物上的工人。哦！一阵风起，吊绳晃了一下。你看到了吧？H小声说道。可是O和K都没有听到H说了什么。K闭着眼睛，听到了水落下的声音。有几个病友在建筑物下面淋着水柱嬉闹。突然O跑向建筑物。过了一会儿O走回来，向她们打出"V"字手势。我去了趟洗手间！便秘终结！两个朋友鼓掌祝贺。

H跟K说起了多年前W对自己说过的话。你首先要知道这不会改变什么，然后你想说什么就说什么。K像H一样自言自语起来：滑雪橇你不是赢了吗？你应该让我们请客的，可为什么你一句话不说？我先把话说清楚，我知道你是作弊赢的，不跟你计较罢了。K说起来就停不下来。她想起自己摔倒在地上，是被W拉起来的。她被男友骗，也是W替她把男友骂了个狗血淋头。O被上司欺辱，W偷偷潜入那个上司家里，在床上撒了一泡尿。你总是替我们出头骂人，替我们流泪。这就是你的问题。K掉下了眼泪。

　　O猛地站起来大喊：疯婆子，你在干什么？O把手里的筷子扔到地上说，都来学我。然后开始蛙跳。跳了一百次蛙跳后，开始做起俯卧撑。疯婆子，你为什么死啊，真晦气。O一边弯屈双臂一边乱骂。你要死就找个没人的地方啊，死娘们。O做完俯卧撑，就躺在草皮上，又开始做仰卧起坐。O的额头上全是汗。H和K和她并排躺下来，也做起仰卧起坐。疯婆子，你他妈为什么要死啊。她们一边起身一边骂。H和K额头上也全是汗。

　　路过的护士们都看着她们。病房里的人把脸贴在玻璃上，也在看着她们。虽然腰疼得快要断了似的，但她们都没有停下仰卧起坐。

现在饿了。做完了仰卧起坐，她们开始吃剩下的饭菜。K没有从杂菜里挑出菠菜；O没有从饭里挑出豆子。O跑到医院里取来三杯咖啡。干杯！她们碰了下纸杯。快点好起来吧。O和H同时说。K咽一口咖啡说，拜托，你俩回家一定要看看镜子，生病的不是我，是你们。

她们在医院大厅道别。K没有让她们看自己的病房。临走前K拿出手机说，你们把手机拿出来吧。O从兜里、H从包里拿出了手机。删除了吧。K说。O点了点头。H抬头仰望，嘴里不知在说些什么。W的快拨号是24。高中时她们成为朋友，当时W的学号就是24。"您确定要删除吗？"她们一起摁下了"是"。此后，她们手机上的24号将永远空着。就像她们第一次见面时那样，H抓住K的右手，O抓住K的左手。K用力甩起了手。慢走，再见！

慰藉的文学：餐桌共同体——信不信由你

苏英贤（文学评论家）

1

"轻轻地"和"小心翼翼地"

尹成姬的小说像深渊一样安静。她的小说里有许许多多关于小矮人的故事，一个听觉不够灵敏的人恐怕很难听见他们的故事。小矮人的世界和我们这个世界大体相同，只是并非全然相同。那里，有被遗弃的孩子和出走的爱人，小矮人也要为生计而忙碌。那里，虽然依旧存在孤独，但并非是无情的。小矮人的世界中"父"是缺席的。"父"作为反叛的对象，无论是象征性的，还是现实性的，都是不存在的。小矮人的父亲充其量只是另一个无能的小矮人而已（《在 U 形弯道埋下藏宝图》)，他们最多在保护子女的时候才能鼓起一点勇气。在我们的生活中确实存在指导成功的说明书——藏宝图。但是小矮人们早已经洞悉藏宝图所指示的人生尽头只有空虚。所以，小矮人的世界没有矛盾，没有争斗，也没有欲望。在那里，不幸是日常，背运是正常，大部分人"哪天中了一万韩元的彩票，反而惴惴不安"(《孤独的义务》)。他们都很善良，在《小小心算王》中，是受同事们尊重的职员，在《凤子家面食店》中，是充满同情地望着他人背影的人。他们坦然接受并忍受不幸，有时战胜不幸，但有时也选择逃跑。然而尹成姬的小说，没有将不幸的原因，扩展到社会结构或制度问题。

现代小说真正的主人公是边缘人，他们被称为背德者、犯罪分子和疯子。他们是打破禁忌、质疑正当性，并动摇体制的"问题性存在"(a problematic existence)。堂吉诃德以降，他们的人物谱系蔚为壮观。相较而言，尹成姬的人物非常吸引人。他们的存在感微弱，无法成为小说的主人公，我们可以勉强称之为"边缘人中的边缘人"，似乎在哪里见过，好像是我们认识的某个人，然而他们的面孔是模糊的，甚至连影子都没有。讲述"边缘人中的边缘人"的小说，要有别于世俗的英雄故事和浪漫故事，也不能满足于再现边缘人的故事。这就说明了为什么尹成姬只能"轻轻地""小心翼翼地"(62页)地讲述他们的故事。

2

作为群体事件的孤独，及其背后的故事

尹成姬的小说表现的是经验被破坏或被没收的时代。1933年，瓦尔特·本雅明将现代定义为"经验贫乏"的时代，并指出按部就班的现代人的日常是"经验的贫乏"。《那个男人的书，第198页》中，"她"的生活就是典型例子，在图书馆工作八年，生活中只有一些日常性的小事件。

她每晚十点睡觉。下班回家，总要花很长时间洗澡，每个月仅水费就有五万多韩元，为了省下生活费，她报停了手机。每个星期给老家的妈妈打一次电话；每个月末，通过网上银行汇五十万韩元给准备高试的弟弟。自从被医生诊断出神经性胃炎，她每顿饭都要嚼一百次，饭后三十分钟服药。她在图书馆工作了八年，可她本人不爱看书。喂，复印卡哪里有卖的？喂，能借一下笔吗？喂……在图书馆，叫她"喂"的人，比叫她名字的人多。所以，即便不在图书馆，一听有人喊"喂"，她就本能地掉过头去。对她来说，"喂"比自己的名字还要熟悉。住隔壁的男人搬家时送了她一辆自行车，此后她就骑着自行车上下班。路上要花四十来分钟。

五点半下班，吃完晚饭，看完"日日电视剧"转眼就到十点了。她茫然地望了一会儿墙上的霉斑，不知不觉就睡着了。然后第二天早晨五点，她雷打不动地按时起床。(《那个男人的书，第 198 页》，86 页)

在市政厅工作七年的"他"(《有人在敲门》)和在旅行社工作五年的"我"(《在 U 形弯道埋下藏宝图》)，他们的生活也莫不如此。"她"每天通过造句游戏、观察读书人的表情填补生活的空白。也许这就是现代人普遍的日常生活，然而我们在这里找不到可以被翻译为"经验"的东西。有趣或无聊，特殊或平凡，痛苦或喜悦等琐碎的日常事件令他们精疲力尽，却无法成为个体的经验。当然，这也不意味着今天已经不存在经验。经验只是发生在个体外部或从外部可以观察到的某些东西而已。[1]

尹成姬小说的人物常常沉迷于照片，因为照片可以代替他们的直接经验。《那个男人的书，第 198 页》中的"那个男人"执意寻找女友去世前留给他的信息。"她"为了帮助"那个男人"——海鸥——在图书馆度过了一夜。沉淀于"她"的内心或身体上的非日常经验，通过拍立得照相

1　Giorgio Agamben, *Infancy and History: The Destruction of Experience*, Trans. Liz Heron, Verso, 1993, pp.13-19.——原注

机成为一个事件，而后"她"拍摄的"人手"填满整个房间。"她"的男朋友 W 离"她"而去也许是再自然不过的事情。因为他们是完全不同的人。"她"男朋友收集日出日落照，表明他所讲述的是时刻变化的故事，而"她"则生活在一成不变的日常中。

当然，尹成姬小说中出现的照片并非都是直接经验的替代物。在《喂，是你吗?》中，燃烧的照片在对"他"耳语。"他"想听那些故事，于是四处点燃照片、垃圾和被扔掉的通知书。这个人确实是一个纵火犯，但不是为了报复抛弃自己的父母和跑路的合作伙伴，而是为了倾听它们对自己耳语的故事。"他"——成年的卖火柴的少年，只想听听照片中自己的故事，那些绝望的故事。在这里，照片是一种纪念物，它的作用是记录过去的生活和阻止忘却私人经验。[1] 关于经验，尹成姬小说的目的并非"原原本本"地呈现经验丧失的时代。她的小说试图复原被实验、测量、数字和交换逻辑放逐的经验和以"故事形式"存在的经验。

在《积木搭建的房子》我们已经看到过，尹成姬的小说报告贫穷、孤独、冷落和匮乏。这部小说集所要强调的

---

1 约翰·伯格，《观看之道》，朴凡秀译，74—93 页，东文选出版社。——原注

并非孤独，而是那些被隐藏起来的孤独的成因。《在 U 形弯道埋下藏宝图》中的"我"、Q、W 和女高中生，因为各种各样的原因脱离了群体。"我"孤身一人，母亲、父亲、照顾"我"长大的锅巴奶奶、双胞胎姐姐都已经相继离世。W 是她妈妈在成为知名演员之前出生的，她妈妈越有名，她的存在感就越弱，而外婆的死让她彻底成了孤身一人。"孤身一人"，意味着在这个世界上，已经没有人记着他们，他们也不需要记着任何人。这一事实让他们感受到了比死更大的恐惧。所以，那些卷走契金的人、负债跑路的人，并不是他们抱怨的对象。要而言之，记忆是一种救赎行动。

记忆与遗忘的机制是构筑尹成姬小说的一个核心方法。但其小说不关心其运作原理，而是关注在他人记忆中消失的自我，和自我记忆中消失的他人，并着重强调忘却才是最彻底的消灭、废弃以及象征性的死亡。然而记忆的箭头符号总是偏离靶心。关于孤独，我们都是受害者和施害者。这些被称为"故事"的记忆和遗忘相互偏离所导致的结果，和他们全部的生命、全部的记忆，共同构成了小说。于是，尹成姬通过她的小说，将经验丧失时代的个体孤独复原为集体性事件。在这些边缘人的窃窃私语和呐喊中，孤独被社会、文化编入集体性现象之中。

3

尹成姬小说中的人物大部分是女性，常常以食物为中介形成彼此投合的关系，而且她们都有点肥胖。在《在U形弯道埋下藏宝图》中，寻宝失败的"我"、Q、W和女高中生共同生活并经营一家饭店，出售特制的馒头和筋面。在《路》中，妈妈、"我"和五个姨妈结成紧密的关系，不仅共享烦心事，也共享食物。《凤子家面食店》中的"她"，在过路时被一辆满载腌萝卜的货车撞倒，后来还入职了这家腌萝卜工厂。P死后，"她"就用食物对抗内心的痛苦，最后竟然和凤子妈妈合作开了一家面食店。尹成姬小说中的人物都懒得减肥。为了填补内心的饥饿，她们大快朵颐，而无节制的饮食导致她们"拉上拉链，感觉大腿处太紧……深吸了一口气，才扣上扣子"（138页）。也许这是对充满温情的母性世界的向往。那里有象征热食的厨房和守着厨房的母亲。

然而我们很难就此断定，尹成姬的小说人物所梦想的是以姐妹情谊（sisterhood）为基础的新型共同体。很明显，她们大部分人拒绝以"家庭"或"房子"为象征的定居生活。对她们来说，"家人"仅仅是不得不承担的责任，不得不忍受"没劲"（88页）生活、工作的借口。被父母遗弃的孩子由被子女抛弃的隔壁家奶奶养育。她们离家出走过着脱序的生活，早已经忘了家里的地址。家庭只会唤起她们过去的伤痛。于是，她们或住在二十四小时营业的桑拿房，或做着这样的白日梦："想象着房子随着水漂走"（36页）。她们毫无目的地聚散离合。

至于对"边缘人中的边缘人"的未来，尹成姬小说似乎仍然在探索。意气相投的女人们也会像《路》中的姨妈们一样，半夜逃走或无故失踪。当然，作者不需要给每个人物确定的结论，但作者的探索表明，这些人物仍处在自怜自艾的状况之中。《不老少年》中出现了不以血缘为纽带的新型家庭。然而作者并没有将它作为俄狄浦斯式家庭的替代品。《不老少年》中使"我"难忘的是下雨天自己被遗弃在车站的场面，而把"我"带走的女人恰恰就是"我"跟父母团聚的障碍。

在《小小心算王》中，长大成人的心算王是一个临时公务员，过着庸常的生活。在成为小小心算王的那一刻，他的生活就停滞了。此后他的人生就像逐渐褪色生锈的金牌一样慢慢失去光泽，他只能不停回忆自己一生中的高光时刻。在避难的紧急时刻，他不惜抛下贵重物品，也要带走那块金牌。当年给他起"小小心算王"这个外号的主持人去世，他戴上黑领带以示哀悼。因此，爸爸的失踪、妈妈的出走，并没有造成他们心理上的动摇，然而，朋友的死亡却从根本上改变了他们的生活。《慢走，再见！》中，H、O、K和W，她们互为镜像，都从彼此的身上看到了自己。也许他们对失去的／所在的／存在的怜悯是自我怜悯的扩张现象。

> 有人轻轻敲打着他的心扉。他俯瞰自己的内心。他早已忘记了自己这三十年来是多么的孤独。(《有人在敲门》，58页)

> 他什么都没说，只是拿着电话自言自语：从来没感受过幸福，从今以后我只会去做让自己幸福的事情。(《凤子家面食店》，129页)

也许可以说，尹成姬小说的人物所苦苦追寻的声音（故事），其实就是他们自己的故事。他们通过他者的痛苦，确认自己的痛苦。在《喂，是你吗？》中，"她"在胡同里给纵火犯放置纸张，男人一路上捡起那些纸张。最后他们相遇在某一点上，从彼此的痛苦和绝望中得到宽慰。但这种感情不是浪漫的恋情，而只是暂时的同病相怜，他们仍很孤独。欲望，按照黑格尔的解释，是他者的欲望，是渴望被承认的欲望。照此推论，尹成姬的小说不存在欲望。她的小说中没有一个人与他者缔结关系。他们将自己深藏的孤独和绝望，以"过去式表达出来"（137页）。他们仍然害怕与他者缔结关系，要想让他们告别过去的伤痕似乎还需要时间。

很显然，我们还不能贸然宣布以食物为中介的餐桌共同体成立。不过，他们在处理孤独和绝望的方式上，却出现了变化的苗头。也许作者的探索就是一个有趣的解决方案："幽默"。他们借助自我二重化，让自己振作起来，避免陷入自怜自艾的陷阱，使反叛变得愉快。他们打破孤独与绝望，疏离与失落等经验的过程，为整部小说带来了活力。

> 我到了能洗澡的年纪，就开始自己洗衣服，碗碟也是自己清洗的。这也让我在学校获得了"好孩子奖"。（《路》，115页）

> 妹妹自从听说爸爸病了，就经常流泪。电视上的搞笑节目我一集不落地看，并喜欢模仿喜剧演员的滑稽动作。妹妹一整天不说话，不过看到我做滑稽动作，就发出咯咯

的笑声。特别是当我伴着鼻音说，快离开地球吧，妹妹就捧腹大笑。我可以惟妙惟肖地模仿从具凤书到金亨坤的所有喜剧演员的声音。我在学校一直担任娱乐部长。(《孤独的义务》，149页)

牛奶盒上也有失踪儿童的照片。他每天喝一杯牛奶。在喝之前会仔细看盒子上面的小孩头像，不过一直没看到长得像他的小孩子。他的个子倒是长高了。几年后，他在这一带孩子中是最高的。都是牛奶的功劳。(《不老少年》，181页)

《有谁在敲门》中，"他"最初的计划是周末去玩滑翔伞，但是后来学起了自行车。"他"说服（或欺骗）自己相信，自行车比起滑翔伞更安全也更省钱。尹成姬小说中的大部分人物都像"他"一样，通过将自己的悲伤、痛苦客观化来逃避绝望。他们掌握了自我二重化的能力，从而摆出一种高贵的精神姿态。当他们对包括自己在内的客观对象用一种冷静但充满爱意的方式看待时，就获得了这种姿态。他们要获得一种能力，让自我和他者成为一体，[1] 并

1　柄谷行人，《幽默唯物论》，李京勋译，125—132页，文学与科学出版社，2002年。——原注

在自己的内心创造出可容下他者的空间。他们并不以自我二重化之力，简单粗暴地封锁自己的叹息和痛哭。但至少，他们能看清和思考无法超越的现实。可以说，这是小矮人们面对绝望，所能采取的独有的、适当的方法。

4

慰藉的温煦，"信不信由你的世界"

Q喝口汽水就打一个响嗝。我说我从没有在别人面前打过嗝。她把那瓶没喝完的汽水递给我说，喝一口，你也打个嗝试一试。我把汽水喝得一滴不剩，然后打了长长的一个嗝。坐在前排的男人回头看过来。真爽。我和Q成了朋友。（《在U形弯道埋下藏宝图》，7—8页）

这辈子就这么过去啦。

她放下书笑出来。打工的学生也跟着笑了。她笑着笑着，感到自己轻快的笑声很陌生，突然踌躇起来。我的笑声是这样的吗？这念头一闪而过，接着就叉着腰更大声地笑出来。（《那个男人的书，第198页》，98页）

O把电话打到公司大吼：你们还有没有一点良心，你们就不问问人家是不是不舒服？这样，O从干了七年的公司辞职了。对方挂了电话，O仍对着听筒大骂不止。她好像理解人为什么要说脏话了。她感觉到一直卡在食道里的块状物一下子就滑落到小腹中。O跑到洗手间痛痛快快地拉了一泡屎。折磨她十年的慢性消化不良和便秘被一扫而光。肚子饿了。O蹲在坐便器上握紧双拳，对，得吃点什么了。

（……）O看到一幢楼就跑进去找洗手间。楼里的洗手间都锁了门。她在洗手间的门口骂道：开着门能死啊！最后她总算找到了开着门的洗手间。O开心得竟哼起了歌。O又痛痛快快地拉了一泡屎。一天上两次洗手间，真是奇迹啊。O擦着手嘴里念念有词。（《慢走，再见！》，195—196页）

另一个有趣的特点是，尹成姬小说中的人物大多不受礼节等日常规范的约束。这倒不是说他们在实践巴赫金的狂欢理论。在小矮人的世界，不存在以"父"为名的强制和禁忌。而以法与道德为名的纪律，早已被他们内化为私人领域的问题。因此，尹成姬的小说从严肃、虔诚的世界向小矮人的世界更近了一步。也就是说，她的小说从严谨和虔诚的世界奔向了"信不信由你"的世界。市政厅建造的公园里有茂密的树林，其嫩叶可食用，果子可以做染料；二手商店"呼吸的物件"在窃窃私语（《有人在敲门》）；图书馆阅览室铺上地毯、放置沙发，让读者躺着看书，在阳台和院子里也放置了椅子(《那个男人的书，第198页》)。在《积木搭建的房子》中表现出的怪诞想象力被奇幻的想象力所取代，从而变得更加明快。

尹成姬小说的终极指向是，倾听孤独者无法言说的故事，讲述那些把绝望幽默化处理的人物，以此慰藉"边缘人中的边缘人"。在《孤独的义务》中，"我"为了结交一批不用"参加婚礼和周岁宴"的朋友，参加了网络同好会"生于愚人节"。尹成姬的小说人物就像这些会员一样彼此慰藉，并把这种慰藉传染给读者。那些"匪夷所思的故事"是慰藉的手段和方法，所以它"是真的还是假的"(155页)并不重要。生于愚人节的人，他们的生日真的是四月一日吗？你不能问"是真的吗?"，因为这是小矮人的世界里要"遵守的第一条规则"(158页)。

小矮人的世界是将现实世界的原理略作变化而创造出来的。他们的世界虽然是自洽的，但却以象征性经验提供力比多式的愿望满足（wish fulfilment）。如果小矮人世界能使现实世界出现裂痕，经验的爆发力将会更加强烈。小矮人世界走向乌托邦的可能性也会进一步增大。对于绝望的"边缘人中的边缘人"，尹成姬的小说对他们"低声但温馨"（156页）地说："不过一想到自己吃饱了饭，就不觉得那么凄凉了。这就是大家吃饭的原因吧。"（135页）所以，我们要吃饱饭，好好活着，加油吧……

作者后记

　　下午四点到五点。在远方旅行的朋友寄来一张明信片。朋友说，饭店的年轻厨师挺帅的，一日三餐都在他家吃；去附近游乐场，坐在过山车上惊叫连连；在街头捡起传单，反复读几遍；发现了一家帽子店，恨不得把店里的帽子全买下来……然而还是……感到无聊……

　　凌晨三点到四点。有人在我家窗下打电话。对不起。然后，传来长长的叹息声。路灯闪烁，好像在对窗下的人说，好的，知道了，回家去吧。我敲敲旧笔记本电脑。过了一会儿，它自己启动了。我说："谢谢你陪我到现在。"

　　他们给予了我太多的爱。我受之有愧。我一直想离开他们，然而现在只想站在这里，等着他们离开我，一直等到我站立的地方变成断崖。

　　我想成为惜字如金的人。

2004 年 10 月

尹成姬